문학과지성 시인선 539

오트 쿠튀르

이지아 시집

문학과지성사

문학과지성사에서 펴낸 이지아의 시집

이렇게나 뽀송해(2022)

문학과지성 시인선 539
오트 쿠튀르

초판 1쇄 발행 2020년 4월 6일
초판 5쇄 발행 2023년 6월 8일

지 은 이 이지아
펴 낸 이 이광호
주   간 이근혜
편   집 최지인 이민희 조은혜 박선우
펴 낸 곳 ㈜문학과지성사
등록번호 제1993-000098호
주   소 04034 서울 마포구 잔다리로7길 18(서교동 377-20)
전   화 02)338-7224
팩   스 02)323-4180(편집) 02)338-7221(영업)
전자우편 moonji@moonji.com
홈페이지 www.moonji.com

ⓒ 이지아, 2020. Printed in Seoul, Korea

ISBN 978-89-320-3614-4 03810

문학과지성 시인선 539
오트 쿠튀르

이지아

시인의 말

가끔 뇌가 허물어지곤 하였다.

발작과 증명처럼
날이 빛나고

경기가 시작되면 훌륭한 인간들의 경기驚氣가 시작되리라.

어영부영이 호루라기를 불면

"불안에는 공이 필요하고
불만에는 새 선수가 필요하오."

2020년 4월
이지아

오트 쿠튀르

차례

IV Destin Tragique

V. Soleil

해설

I
Travail Précieux

들판 위의 챔피언

그것은 속도와 힘으로 가득한 것이다. 놀리고 싶은 것들이 생길 때는 그 뒤에서 따라 했는지도 모른다. 가령 희망이거나 가능성. 아니면 상관없어 이런 말들

굴뚝을 돌아 다른 구멍을 찾아 헤맸는지도. 거짓을 믿어주는 것은 승리자의 배려이고. 세무적으로 문제가 되지 않는다면 박수 치며 수박을 깨는 것도 괜찮지 싶다

문어 빨판을 처음으로 만지면서 할 수 없는 일에 대해 생각한다. 소름과 소음 속에서 끓는 물이 생성된다. 누운이의 두껍고 웅장한 마음을 이끌면서

초록 방

스무 살 내 피는 초록이었나. 밀림을 찾아 얼쩡거렸지. 갈기처럼 두껍고 뻣뻣한 파마에 술을 마시고 토하면 초록 웅덩이가 생겼다

아침마다 전철을 타고 커피를 탄다. 털을 숨기며 상냥해지기

야간대에 들어가서 다른 사자들과 만난다. 누가 더 위엄스럽게 소리를 낼 수 있는지 얼마나 더 여린 짐승을 가져야 하는지 의논한다. 몇 달 만에 집에 가면 어미는 얼갈이김치를 담그던 바가지를 집어 던지며

저 사자 같은 년

굵은소금을 뿌려도 순해지질 않아. 정맥 속엔 긴 실이 기어 다니고

이렇게 살다가 죽을 것을 안다. 나는 여섯 살 망원동 뒷방에 버려져 있었다. 어미는 나를 구했다. 어미는 함정

이었지

　이 사자 같은 년
　내 방에서 나와

우리 앞의 악사들

크리스마스. 탁자 위에 신던 신발을 올려놓으며 말한다.
"로딘, 길은 한동안 끊어질 것이야."

전시회

호기심은 재능을 나타내는 철로인지도 모른다
박음질 연습을 하던 시절에

같은 침실에서 핸드폰으로 연락하던
협동의 자세로

나는 틀어진 내장을 배 속에 집어넣고
잘 꿰맸다

교양 있는 사회가 있다
밖에서는 아니 되며
피해를 줄인다

못생긴 시에 대한 실현 가능성

지갑을 훔친 적이 있다

나는 천천히 예뻐지고 있고 주변에 선물도 줄 수 있고

안정을 찾고 살았으며

소중한 이가 원하는 대로 해주고 싶었는데

못된 것과 못난 것은 감정이 많고

행동 때문에 늘 숨이 차고

어니언 인디언 가디언……

토끼는 고민이 많고 불도저는 굽어 있다

치즈

구름이 자루를 끌고 가는 동안
사람은 살아야 했다

영원하자는 말. 그러니까 숲은 얼떨떨해지네 나는 한
번도 도끼를 날려 고기를 얻은 적이 없어. 생고기를 어떻
게 만져야 하는지
　의사는 건네주네
　차라리 뇌에도 잎사귀가 있으면 좋겠어

　조심하시오. 그런 문장을 말아 나팔을 불면서 연기는
높은 곳에서 뛰어내린다

　자루가 터지네. 오로라를 보기 위해선 모르는 것과 하
룻밤을 보내야 한다는데
　나는 안에서 순서를 기다리고. 밖에서는 나약한 소년
들이 아무 이유도 없이 뺨 맞는 시절이 시작된다

의자야 일어나
거기서 일어나

1. 불완전한 연구

어제
내가 먹던 요깃거리를 돌려줬으면 좋겠어.
필요하거든.

······

허무가 나를 몽롱하게 만든다면
몽롱을 내가 허무하게 만들어버린다면

이 성질은 무엇인가.
이 물질은 무엇인가.

그 사이에 테이블을 두고
밟고 올라가
높은 곳을 본다.

얼룩소는 어둠의 조끼를 찢어 간혹 허무와 몽롱을 멀
어지게 할지어니, 모과의 아둔한 머리를 물어 가죽을 만든다면 생굴이 안 되고, 돌멩이를 깨무는 개미들의 행진에 대한 이슈는 아, 촌스럽다. 촌스러워 꽹과리를 치네. 비유들이 길어서 줄다리기를 하네. 영차영차. 나의 일은 무엇인가. 뭇별의 할 일은 뭔가.

면역력.

슬픔이 나를 휘저어, 담백한 나를 마시네.

2. 스매시Smash

회전을 반복하는 운영 체제나, 새로운 경영 자본을 끌어 들이기 위해 우리는 3년 동안 입술이 불어터지도록 문래동에서 혀를 감다 가스를 내뿜다가

우리는 내년에 핀란드에 가보기로 했다.
헬싱키에 가서 날이 날다운 스케이트화를 빌리고
여기에서 거기까지 얼마나 궁극적인지

3. 뇌와 압정

우아한 속도의 자세를 보여주고
어디에서 왔냐고 미래에 투자를 받고 그렇게 지도를
보면
불꽃놀이가 팡팡 터지고
올드란 그런 것
습관적으로 숨기는 것

의자는 모두 오픈되는 집
소리 없는 이어폰
공개되는 서비스

나는 섰어.
나는 섰다.

나는 짱짱해.

운동장과 상점들과 외국인의 콜라보, 여름에 봤던 할

슈타트 백조가 기억나니, 비석에는 신중함이 있다. 깨끗한 건 점프가 아니야. 박자를 모르더라. 새들이나 모멸감 그런 애는 쪽팔리게 질주를 배우고 있다.

4. 두껍고 화려한 전깃줄의 고향, 용산전자상가에서

달이 뜨고 나는 의자를 밀면서 한쪽 발을 들어 올린다. 아이스링크가 펼쳐진다. 시원하고 유연하게, 이걸 연결의 자세라고 합시다.

달은 헬멧이 없어도 머리를 보호할 수 있다.

이제 쓸데없이 죽기는 싫어.

어댑터
들의 삶이란
충전 방식이 다른 기계
보다 복잡한

입양

구조

너는 노래방에서 노래를 팔고 있다. 노래가 끝나지 않아. 침과 땀으로 공기를 분다. 전자 속에 들어가 다양한 자세로 오늘은 몇 번 할까? 넌 돈보다 떠나는 걸 더 좋아하더라. 머리를 잡아당기면 마이크를 쥐던 너의 뒤통수가

의자와 골목을 걷는다.
가까운 곳에 주소를 만들고
세계의 위치를 다 보려면
여기저기에 팔려 간 알렉산더 도프와 커츠와 조지를 다시 팔아야 하는데, 네가 일하는 동안 나는 할 일이 없으니까 노래를 부르며 사람을 받는 너는

사회와 가까워지려고 풍성해지려고 신음을 낸다.
물결이 두 팔을 두고 갈 때
오늘 밤이 느리게 묻을 때

어둠도 의자가 있을까, 사람들이 끝나지 않아. 깨끗한
건 뛰어다니는 게 아니다.

5. 노른자와 흰자

벙어리는 말을 하지 않는다. 어바리는 발을 씻지 않는
다. 언청이는 잘 사 가지 않는다.

너는 늦은 밤. 찢어진 나무를 들고 들어와 이걸로 뭘
만들 수 있을까.

가까운 곳에 '반기고' 싶다는 말을 흐리며 더듬더듬
내 쥐젖을 만지다가

나의 노른자, 나의 노크 노크

사람들이 끝나지 않아. 너는 음악 없는 손을 내 귀에
올리고 잠이 든다.

내가 그런 것을 하자고 제안했을 때

마시멜로처럼 작은 집들이 젖소 하나씩 나눠 갖자고
했는데
어느 집은 젖소 둘을 가졌고
어느 집은 젖소를 죽여서 냉동실에 보관했고
어느 집은 젖소를 포장해 황소로 꾸몄고
어느 집은 젖소 대신 우유를 매일 두었고
어느 집은 젖소 대신 아이 둘을 밖에 세워두었다
아이 둘은 아이스크림을 쥐고 있었고
어느 집은 텅 비어 있었다
그리고 마을 입구에 작은 울타리를 달고 기차가 달리
도록 두었다

자몽

리듬은 주인 없는 인식의 말타기이며, 비망이면서 채찍의 이미지인 고장의 밀린 잡일 같은 것이었으나

인문학 강의를 듣는 동안 두피에 난 종기를 뜯는다. 피와 고름이 잠을 깨우고 창문의 해방감을 대신할 순 없으니

전화 목소리가 들린다. 나를 낳던 질이었는지, 나를 탐했던 아내의 질이었는지, 내가 키운 흥분의 기질이 무엇인지 구별하기가 힘들다. 말기라고 한다. 살고 싶을 땐 갑자기 화가 난다는데 그저 죽음은 잘 이루기를 바란다

중세 시대의 싸움은 집단을 위한 것이었으나, 중절 수술이 필요한 고양이에게 오십만 원을 내어줄 수는 없는 노릇이다

하얀 접시가 서 있다. 장소를 지키기 위해 최상의 모욕은 최상의 핵심을 일으키는 것이었다

어떤 유괴 방식과 Author

1

기존의 치과는 데이터에 기반해서 문제를 찾아내려고 했다. 그렇게 되면 시간과 노력을 줄일 수 있고 다양한 오더를 내릴 수 있기 때문이다. 치과에 가지 않는 네온사인들은 무엇에 문제가 있나. 네온사인은 이빨이 없다. 충치가 없다. 사인을 확산시키는 힘이 있다. 이것을 얘기하자니 나는 웃음이 났고 진짜 밝은 모습으로 접근할 수 있었다.

사인이 왔다.

새끼반지!

응.

가능?

응.

12시 빛이 꺼질 때까지

섞어찌개 생각만 해도 토할 지경이다. 그래도 삼켜야
지. 섞어찌개. 고모는 자신의 이름을 자주 바꿨다. 어떨
때는 햄, 원피스, 이모, 루비, 딱총, 다이아, 영희, 큰엄마,
참 다양하시지. 하지만 나는 볼 때마다 고모라고 불렀다.
나는 새끼반지였다. 수업이 끝나고 할 일 없는 애들은 서
로를 질투하며 맥주를 퍼마셨고 교수들은 설렘을 얻기
위해 새로운 작가들의 이름과 나라를 알려줬다. 오늘은
차비가 없다. 의정부로 가는 막차가 끊겼다. 명동의 네온
사인과 가로등이 다 꺼지고 새끼반지는

일하러 간다.

도르레와 수렵 생활
여행은 열린 마음으로

달과 태양이 어떻게 몸을 섞나.

2

달고나
음식 쓰레기
오바이트

능력을 도움받아
우리는 즐겁게 산다.

적어도
안내자는
축복의 분야에 속할 것

모두에게 유리한 방향으로 바람이 분다.

은행이나 환전소 앞에서 우물쭈물하는 대만 애들이나
인도네시아 애들이나 가끔 유럽 애들도 발견했다. 그들
의 당황은 대개 비슷한 것이었고, 나는 그때 문장을 읊는
연습을 했다. 처음에 관심을 끌어야 했다.

"경련을 일으키고 의식 장애를 일으키는 발작 증상이
되풀이됩니다."

나는 갑자기 그들의 귀에 대고 이렇게 말했다.

그들은 what?

......

quoi?

......

"아니, 우리는 그걸 간질로 인식하지만 밥 먹기 싫을
때 하면 돼요."

그들은 다시

what?

......

что?

......

……

도와줄까요? 여기는 위험해요.
나만 잘 따라오면 돼. 나는 학생이에요.

나는 가방 속의 두꺼운 책들을 보여주었다.
프루스트와 포이어바흐와 물결같이 신비로운 아랍어
책을

보고 안심했다. 나는 키가 작은 아시아 애들과 유럽 애
들을 고모에게 넘기고 지폐 몇 장을 받았다. 어떨 때는
페소를…… 위안을…… 리라를 받기도 했다. 하지만 내
가 자주 가는 서점에서 이 돈으로는 책 한 권도 살 수가
없다.

싫어?
고모는 달러들을 다시 고이 접어 지갑에 넣었다.

아냐.

"그때 18세기의 소설들은 다 불륜이었고 권력자들의 기분에 의해 정치가 지랄맞았어."

하며 달러를 뺏었다. "18세기의 시민들은 사설을 통해 사랑을 이루었다. 그것은 빛으로 생체 조직의 세포들을 조절할 수 있는 기술이며 실용적인 운동이다."

3

고모는 취한 손님들의 돈을 착취했고 그들의 주머니에 지하철 차비 정도만 넣어주었다. 때로는 그들의 캐리어나 백팩에 창녀들의 연락처를 넣어주거나 '모든 걸 잊고 싶을 때 찾아가'라는 메모와 주소를 넣어주었다.

섞어찌개 골목을 찾아오는 관련 업계 아저씨와 삼촌들은 자신들의 사업을 광고하기 위해 지방에서 올라왔다. 다행히 고모는 내 안전을 지켜줬다. 아마 내가 다른 애들보다 특이하게 손님을 낚아채는 능력이 있다고 생각

한 것 같다. 새끼반지는 지능이 높다고

나는 엔지니어 회사를
그만두고
낮에는
게임방에서
자유롭고 진지했다.

고모는 나를 잠깐 불러
피자를 사 주었다.

나는 느끼한 것을 싫어했지만
고모가 주는 건 다 감사히 받았다.

일할래?
오늘?

아니 제대로 나랑 일해볼래?
돈은 지금 받는 거의

백 배야.

겁이 났다.

그때 고모는 핸드폰 가게서 일하는 한 삼촌에게
소리쳤다.

야, 이번 주 내로 썹장생아 갚아.
알았지?

나는 피자를 뜯어 먹으며
치과에 좀 가야 한다고 했다.

고모는 저 빌딩 8층 대머리 의사도
자신의 고객이라고 했다.

야간대를 같이 다니던 과 친구들이
옷 가게에서 옷을 사고 있었다.

마음이 못생긴 것들은 성격도 신선하더라. 고모. 과학 혁명에서 가장 위대한 것은 천문학의 발견이다. 지구를 중심으로 달과 태양과 행성이 움직이고 그 거리와 속도와 현실을 구체적으로 증명하기 위해 덩치 큰 삼촌들은 섞어찌개 골목에 돈을 바쳤다.

캐나다 애들이
환전소를 찾고 있었다.

고모는 잘 잡으라는 손가락질을 했고
나는 자연스럽게 뛰어가

"안녕하세요. 구름으로 뭘 만드는지 알아요?"

한국어로 말했는데
캐나다 애들은
no.
대답했다.

구름으로 촛불을 만들 수 있지.
그게 작가들이 촛불을 책상 위에 올려두는 이유야.
여긴 한국이라고
그니까 다시는 오지 마.

캐나다 애들은
no.
대답했다.

나는 캐나나 애들을 Best Exchange 앞까지 데려다주고
헐떡이며 말했다.

4

고모, 생각해볼게.
다음 주가 시험이야.

우리는 문 닫은 가게 앞에서

담배를 피웠고
고모는 계속 침을 뱉었다.

고모는
다음에 뭘로 태어나고 싶어?

음
이…… 담배로

고모는…… 백 달러 한 장을 주면서
힘들 때 써.
달러에 박힌 위인은 나라를 구하거나 업적을 남기거나
목숨을 건
초상화가 빳빳하게 있었는데
돈에 박힌 숫자와 얼굴은
무엇을 암시하던 인물이었나.

18세기 이후에는 맹세 없이 치과에 가지 않지. 뼈를 다
루는 일이 얼마나 위생적이고 현대적인데

충치가 늘면 네온사인이 아프고
창문이 터지고
턱이 붓고
피도 날 테고
할 말도 못 하고
먹을 것도 못 먹고
자잘한 글자를 가꾸듯이

고모는 뜨거운 담뱃불을 자기 허벅지에 눌러 껐고
나에게
넌 똑똑해
눈을 찡긋하며 사우나에 갔다.

명동 한복판에는 멜론 조각을 파는 상인이 있었고
가벼운 오토바이가
어린 관광객 여자애를 태워 달아났다.

나는 시간이 남은 게임방에 다시 들어가 짐을 챙겼다.

병신같이 보이니까 천문학 논문에서
욕을 섞는 일은 없다.

"천문학은 어딘가에 나와 똑같은 존재가 있을 거라는
확신에서 비롯되었고 움직임을 계산할 때 사라질 것도
미리 예상할 수 있다."

하얀 크림

작년 내내 일을 하지 않았어.

일상은 꾸준했지.

나는 새벽까지 음악을 듣거나 담배를 피우거나

찻잔을 버리고 찻잔을 다시 사기를 반복했어.

9월에는 작업이 하나 들어오긴 했지만 그건 철없이 국
화꽃차 사업을 시작했던 커플이 나를 잠시 웃게 했기 때
문이었어. 그 커플은 마케팅을 계획하고 물건을 판매할
유통 업체를 찾지 못해 전전긍긍했어. 말린 꽃들을 잘 보
관하고 리장에서 서울로 운반하면서 추억을 쌓은 건, 공
항에 대한 비행기표 시간과 통신 장애, 맛있는 면과 말을
타던 들판을 나누었던 것 같아.

찻잔 얘기를 나누고 싶었는데

평범한 소비자처럼 보이는 것 같아.

그냥 전시 얘기를 해버리고 말았어.

나는 자동차 전시를 해.

시즌마다, 미리 내년에 팔 자동차를, 독일 자동차나 미
국 차를

그때마다 내가 생각했던 콘셉트는 동양에서 장군이나 왕족 들이 탔던 말과 소와 하인과 마차 들에 대한 상상이었어.

어쨌든 내가 국화꽃차 상품을 디자인해주기로 한 이유는 우습겠지만, 찻잔이 그리웠기 때문이었어. 꽤 옛날이었는데 정말 갖고 싶었던 찻잔이 있었어. 그건 토론토 기숙사에서 지낼 때, 아래층에 살던 흑인 여자애의 화장대에 있었어. 옥빛의 도자기 찻잔이었어. 동양적인 스타일이었지. 흑인 여자애는 그 찻잔에 사귀던 남자애들이 준 반지를 모으고 있었어. 하도 남자가 자주 바뀌어서

계단에서 만날 때마다 이름이 뭐냐고 물었지.
벤, 찰리, 헤리, 브라이언…… 흑인 여자애는 가슴이 크고 허리가 잘록했어.
흑인 여자애는 어느 날 일본 애를 데리고 온 거야.
작곡을 하는 아이였는데, 둘이서 우동을 만들고 있더라.
내 방까지 냄새가 진동했지.

여느 때처럼 계단에 내려가다가 만난 흑인 여자애는 그날따라 오버하며 내 얼굴에 뺨을 부비며 반가워했지. 나는 속으로 왜 또 지랄이야, 생각하며 굿, 럭키를 외쳐주었지. 일본 남자애는 덜컥 내 허리를 감더니, 우동을 좋아하냐고 물었어.

나는 정말이지 같이 들어가고 싶지 않았어.
어쩌다가 그 순간 평범한 섹스와 당연한 가구들이 탄력과 환상을 얻었다고나 할까.

둘의 사랑보다는 셋의 어긋남, 세 가지 주장, 한 가지 악다구니, 통속적인 것들은 고귀해졌지.
하지만 한국에 돌아가야 할 걸 생각하니 눈앞이 깜깜했어.
몇 달밖에 남지 않았다고, 어서 돌아오라는 그 목소리가 박쥐처럼 내 귀를 뜯었어.
나는 위로를 모르는 인간이거든. 그런데 말이지.
위로라는 그 천박한 길목에서 나는 무슨 버스를 타고 떠나버려야 하나,

그 핑계들을 생각하고 있었지.

우리는 거실에서 와인을 땄어. 흑인 여자애는 갑자기 내 앞에서 일본 남자애의 옷을 벗기더라. 나는 고개를 돌렸어. 그리고 옷 방으로 들어갔어. 우동 국물이 끓고 있었어. 흑인 여자애는 신음을 냈지. 그 여자애는 명랑하고 흥이 많은 친구였어. 나는 옷 방에서 하얀 원피스 하나를 찾았어. 가슴이 큰 흑인 여자애는 한 번도 입지 못했는지 tag가 그대로 붙어 있더라.

또 한국이 떠올랐어. 한국에서 나를 보내버릴 때,
혈압약을 먹던 그 늙은이의 입가에 개구리 거품처럼 계속 품어져 나오던 하얀 침들이. 그 하얀 침들이 나는 소름 끼쳤어.

그리고 밖이 나를 불렀어. 클로이, 클로이
Wanna eat udon together?
나는 예스, 예스, 잠시만

왜 그랬는지 모르지만, 나는 그 흑인 여자애 찻잔에 있던 수십 개의 반지를 모두 가져왔어. 찰랑거리는 소리가 났지. 가방에 모두 넣고 집으로 올라갔어. 그리고 벌벌 떨며 내 손가락에 하나씩 껴보았지. 하나도 맞는 게 없더라. 눈물이 났어. 신경질도 났지.

창밖이 또 나를 불렀지.
클로이, 클로이

나는 일어나 밖을 보았지.
이런 퍽, 이런 퍽 유
달콤하게 어정대며

흑인 여자애와 일본 남자애는 보드를 타고 있더라. 자유롭게. 순간 자유롭다는 건 비아냥거리는 건가 생각했어. 수영장 주변을 뱅글뱅글 돌면서, 묘기를 부렸지. 둘은 음악을 크게 틀었지. 랩이었다가 펑크였다가 재즈였다가 휘파람을 불면서 나에게 내려오라고 손짓했지. 아임 오케이, 댓츠 오케이, 노 땡큐, 난 됐어, 난 됐어. 내가 웃었는지 찡그렸는지 떨었는지 잘 기억이 안 나.

 그러다가 흑인 여자애의 까마득한 옛날 애인이
 온몸에 문신을 한 그 남미 남자애가 오토바이에서 내
려, 갑자기 뛰어와 흑인 여자애를 칼로 찔렀어. 수십 번
쑤셔댔지. 나는 윗층에 있었고 하늘을 보았지. 폭신한 구
름 하나를 보았어. 야. 야.

 야, 야, 그냥 야, 야, 그래도 한 번만, 야, 나를 한국말로
부르던 야라는 호칭. 제발, 도와줘요. 여기 도와줘요. 아
무 비명도 나오지 않았어. 사건이 잊히고, 절정도 없이.
4년이 지난 후 나는 졸업했고, 퍼레이드 시즌을 계획하는
디자이너가 되었어. 전시가 끝나도 쉴 수 없었고, 한국에
도 가지 않았어.

어느 한밤의 농구공에 대한 믿음

너는 비율이 좋다. 손을 놓고 자전거를 탄다. 흔들림과
흐림을 구별하면서

너는 기차를 멈추게 하고, 지나온 골목을 모으고, 사물
함에 무거운 짐을 넣는다. 뮌헨의 고성에 오를 때, 마차를
끄는 아이에게

예전에 살던 강변의 밧줄을 넘겨주면서

설렌다. 다시 설레기 시작한다. 농구공이 공중을 튀어
오르는 소리를 들으며, 지상은 빗방울이 들려주는 공간
을 상상해본다

어둠은 의자도 없이
잠시 머물 숙소에 커튼을 단다

남겨진 봄을 그리워하면서
마차를 끄는 아이와 헛간을 치우는 아버지의 대화가

어느 한밤의 농구공처럼
떨리고
굳건해지고

다음 주는 상황이 더 나빠지고
지진과 화산도 일어나지만, 자연의 재앙이 한밤의 축
복으로 들린다

아무도 우리를 둥지 속에 넣지 않았다고 생각한다. 보
여줄 수 없지만, 수염이 없는 턱을 만진다

미소는 툭 툭 터지는 운동처럼
여러 가지 미소가 감독 없이 팀을 만들 수도 있다

기차도 없이 우리는 이동할 수 있으며, 우리의 변화가,
너의 잘못과 너의 싫증과 너의 용서가 만든 가죽 공을

탄력적으로 몰아가면서

그러니 오늘 밤 설명도 경고도 없이
살아가는 공포를 즐겁게 느낄 수 있다면
툭 툭 응원 없는 농구공

골대 없는

자장가처럼

사람이 들려주는 자장가는 모든 것을 꿈속에서 살릴
수 있다. 흔들의자가 삐걱대고, 너는 어떻게 기차도 없이
먼 나라까지 와서 나를 부르는지

좋네
넌, 너밖에 몰라

울려 퍼진다. 중앙역 사물함에서 무거운 짐을 꺼낸다.
다양한 걸 좋아하는 세계주의처럼 책자를 들고, 작고 귀
여운 나라들의 차를 마셔볼 테지. 꿈속의 소리를 줄여가
면서

캔과 경험비판

아침과 내일 아침은 공통점이 있다. 당신은 이게 무슨 말인지 짐작할 수 있다. 내가 무슨 설명을 하지 않아도. 앞으로 걸어가는 사람이 깃털 하나를 떨어뜨렸다. 오리나 거위의 것으로 생각했는데 집으로 가져와 자세히 보니 쇠백로의 것이었다. 나는 깃털에 사인펜을 끼워 창문에 날개를 그려보다가 이 글을 쓰기로 하였다. 하지만 쇠백로는 이미 천 년 전에 사라진 조류였다. 신기한 일은 아니었다. 내가 당신에게 오늘 해줄 이야기는 이 깃털의 나이보다 더 길 것이다. 추운 겨울이었고 비나 눈이 올 것 같았다. 날씨가 사람을 혼란시켰다. 날씨가 사람들을 깨울 수는 있다. 살아 있는 사람들은 어떻게든 움직이기 때문이다. 날씨는 중요했다. 다시 말한다. 날씨가 추워서 나무도 춥고 나무가 춥다고 생각하는 우리가 죄를 짓는 느낌이 아니었으면 한다. 밝혀둔다. 우리는 밖에 있었다. 자판기와 가판대 가까이 가보도록 하자. 자판기는 부서져 있었다. 누군가 자판기 유리를 깼다. 안에 들어 있던 캔들이 우르르 떨어져 있었다. 그중 캔 하나에 피가 범벅이었다. 머리가 깨진 사람이 죽어 있었다. 시체는 얼어서 한 번 더 죽은 것 같았다. 바로 옆에는 비상등이 켜진 택시가 세워져 있었다. 죽은 사람은 택시 기사이거나 손님일 것이다. 추리해보자. 택시를 같이 타고 가다가 멈추고 죽인 것이다. 아마 흔들렸을 것이다. 아무 양해도 없이. 이것을 증오나 분노라는 말로 채우고 싶진 않았다. 어떤 경험이었다. 캔과 새로운 경험비판 이야기. 가판대가 보였다. 가판대에서 따뜻한 홍차 캔을 팔았다. 돈을 계산하는 팔뚝이 보였다. 팔뚝의 움직임은 운동 같았다. 경쾌하고 빨리 움직였다. 아마 내가 보고 있다는 것을 의식하는 것 같았다. 경찰차와 시민들이 모여들었고 사건이 종결되는 동안 가판대는 괜히 으쓱해졌다. 스스로 잘하고 있다고 생각하는 것 같았다. 심지어 가판대 근처에 모여든 새들은 신문을 읽을 수 있었다. 하지만 생명이 있는 것들이 무엇을 알아가면서 무엇인가를 알고 있다는 눈빛들이 두려웠다. 그리고 언제나 그래왔듯이 두려운 것에 눈치를 보며 지낼 것을 생각하니 깜깜했다. 마치 물건이 살아 있는 것일 수도 있겠다 싶어서 그런 것을 생각하자니 껌과 휴지와 빵 들이 가여웠다. 가엽다고 생각한 날, 나는 가판대 안에 들어 있었다. 배가 많이 아팠고 손님들이 몰려왔다. 참을 수 없었고 도로를 넘어 뛰어가도 해결할 수 없는 거리와 시간이었다. 어떤 이가 내가 들여 온 물건 중에서 제일 비싼 생과일 음료를 달라고 했다. 나의 하체는 가판대 안에서 폭발하고 말았다. 어떤 이는 내 인체의 소리와 냄새와 상황을 알아챘다. 어떤 이는 잔돈을 받아 들고 비닐봉지를 들고 갔다. 코를 막고 걸어가는 게 옆 구멍으로 보였다. 어떤 이의 몸에서 오리 깃털이 하나 떨어졌다. 나는 그날 밤, 새벽까지 가판대 안에 있었다. 어떤 이는 취해 가판대 근처로 다시 돌아왔다. 발로 차면서 이렇게 말했다. "어서 나와라. 나와. 못 나오지?" 어떤 이는 비틀거리면서 가판대 벽에 오줌을 갈겼다. 날씨는 복합적이고 우리는 공통점이 생기고 우리는 결합된 것 같았다. 나는 담배를 피웠다. 라이터 불을 내 옷에 발랐다. 가판대는 폭발했다. 다시 겨울이 왔고 사람들이 줄지어 태어나고 우주는 신비로웠다. 당신들이 살고 내가 죽었던 시대가 끝났으니까. 이제부터는 당신들이 죽고 내가 오래 살았으면 했다. 나는 다른 것을 알고 있다. 목이 마른 것과 갈증이 나는 것과 목이 타들어가는 것에는 공통점이 없다. 새들의 상황은 나아지지 않았고 새들과 가판대는 아무 공통점이 없었으므로 가판대는 신문 진열대를 없애버렸다. 새로운 자판기가 들어오고 사람들은 날씨와 상관없이 살아갔다. 출근하거나 퇴근하면서 목적 없이 떠나거나 되돌아올 때, 그들은 자판기 불빛 앞에서 신비로웠다.

나는 신비로운 것을 알고 싶어 하는 물질로 다시 태어났다. 해가 지워지는 호수를 보면서. 그리고 가판대 안에 철로 만든 팔을 넣어주고 떠났다. 나의 가판대와 자판기를 지켜주던 팔이 나의 보금자리로 돌아올 때 가끔, 지하 계단을 내려갔다. 램프를 들고 와인을 고르러 갔다. 차갑던 캔들은 죽어서 유리병이 되고자 했다. 서로의 안을 보고 싶었으므로. 역사나 감정을 보여도 괜찮은 마지막 밤이었다. 와인 병에 원산지가 적혀 있었다. 스페인 체코의 포도 축제를. 무겁고 떫은 맛을 아는 나라. 가볍고 달콤한 잔에. 새들은 여유 있게 나라를 고르면서 살고 싶었다. 와인 병들은 날개를 버린 새처럼 우아했고, 사람의 글을 읽지 않았고, 그것은 자신감 없는 물질이었으며, 언어들이 무엇인가를 끌고 갈 거라는 오해에서 비롯되었다. 어쩌면 알코올은 우리가 살지 않을 시간을 앞서가고 있는 듯. 1809년이나 1964년도나 2500년도를 기억하고 있

었다. 그것은 기묘한 패킹과 검역 없는 금속들의 행진. 후
회했을 때 소화전은 멀리 있었고, 사용법을 인식하지 못
했으며 우리는 각자 다른 지점에 있었다.

현대성

누나는 차분했다. 나는 열심히 비닐 팩에 배즙을 넣고 있었다. "어떤 사람들은 모자라니까 배즙에 다른 걸 한 방울씩 섞기도 한대"

누나는 나만 두고, 한 아저씨를 따라갔다. 나는 나무 속에 들어갔다

누나는 내장산 단풍 구경을 하며 계곡으로 이리저리 끌려다녔다. 아저씨는 낡은 모텔에 키를 꽂고 들어갔다

물고기 할래, 말 할래? 아저씨는 누나 등에 올라탔다. 누나는 아저씨를 태우고 거실을 빙글빙글 돌았다. 아저씨는 콧노래를 불렀다. 뭐가 불만이야. 도대체. 뭐가 문제야. 쌍. 내가 다 해준다고 했잖아

아저씨는 스탠드를 껐다. 누나가 맞을 때마다 전기 빠진 스탠드에서 황홀한 불빛이 튀어나왔다

누나는 나무 구멍 속의 나를 봤다.

"누나, 거기서 뭐 하는 거야?"

누나는 손가락으로 괜찮아, 재밌어, 하는 것처럼 오케이 신호를 보냈다

나는 구멍 속으로 아직 다 익지 않은 배 하나를 굴려 보냈다.

누나가 조심스럽게 그 배를 잘 잡기를 바랐지만, 음, 누나는 돌아서서 차분했다

나한테 집으로 돌아가 하던 걸 계속하라고 했다. 나는 배즙을 포장했고, 누나가 돌아오면 시원한 즙 하나를 빼서 줘야겠다고 생각했다

작은 화분

피에로가 졸고 있다

풍선들을 생각하면서

노곤한

군중 속에서
잠에 빠진 피에로가 고개를 흔들고 있다

진짜로 멀리 가고 싶지는 않아

흘러내리는 가발을 다시 씌워준다

II
Défilé de Mode

기체들의 교환

문을 열었더니
하얀 새가
나를 물고 날아간다

우리는 함께 있는 것 같아
같은 칸에서

냉동고에 새벽을 넣어준다
환상은 실체와 살림을 잘 차리더라

아버지가 만난 여자들은
내게 새로운 걸 하나씩 주었다

이걸 들고
멀리 가 있으렴

체조를 하다가
구름에게 흰 운동화를 주었다

모델과 모델 친구

우리가 데리고 놀던 황소가 그렇게 처형된 후,

초록 들판을 뜯어 슈트를 지어 걸쳐봤지만. 그래도 김현정과 나는 며칠 시무룩했다. 그동안 똥개에게 황소라는 신분을 주고, 부담되는 일도 시키지 않았으며, 하루가 끝날 때 마른 양식을 주고, 머리를 쓰다듬어주지 않았다.

외눈박이 할멈은 완벽하게 황소의 숨통을 끊고 불에 넣었다. "니네들도 곧 끝나." 할멈은 부추를 씻으며 좋아했다.

할멈은 동네 아비들에게 한 그릇씩 팔았다. "이건 집밥이나 애들보다 맛있구나" 하며 통통한 후추를 계속 쳤다.

야! 황소가 죽는 동안
우리도 뭔가 해야 하지 않을까.

김현정과 나는 들판에서 모나미 볼펜을 하나씩 들었다.
언젠가 본 것처럼
서로의 항문에 넣자고 했다.

아니, 말하지 않고 눈짓으로 약속했다.

아파?

아니

아파?

아니

잊지 마. 앞으로 우리는 이렇게 살아야 해.

응

우리는 '『워킹』13세 관람 불가'라는 잡지 사무실에 들락거렸다. 포스터 속의 프랑스 여자애는 눈이 핑크, 가슴이 풍풍, 거기는 오! 뷰티, 이름 앤 르 니, 길이가 a인 구간에. 크기는 상관없이 피팅, 화이팅.

가끔 김현정은 굳은 얼굴로 우리 학교를 찾아왔다. 의지 없이 서로와 지난날을 잊었다. 그 애는 모르는 삼촌과 몰려다니며 대상을 포착했고, 육체라는 긴장감을 씹었다.

실용화되기 시작한 것은 13세기부터 J. S. 선구적인 이해를 넘어

나는 시멘트로 있다
이게 편해졌다
살아 있는 것은 가을처럼 걸어 다닌다

혼자 굴국밥을 먹다가 밖을 본다. 어떤 소망은 포도나
망고
바람은 마지막 낙오자의 팔을 잘라 붓을 만든다

찻잔처럼 국화빵을 굽는 부부. 얼굴 하나에 눈을 그려
주고. 얼굴 하나에 입만 그려준다. 반죽을 떼고 가벼운 인
사를 흔든다. 불안한 생활이 동전으로 남으며

할 말이 있다고 하면 너는 머리가 아프다고 했다. 왜
국 속에 마음대로 밥을 마는 거지?

나는 굴국밥을 끝까지 다 먹으면서 시멘트로 있다
국물을 뚝뚝 흘리는 최선의 방식으로 테이블을 읽으며
그냥 밥과 밥을 섞어 웃기지 마. 계단이 많아

정신없이 여기서 혁대를 푸는 것이다. 레미콘 트럭에
는 어떤 동사들이 들어 있나 무엇이 씩씩하나 아직은 눕
기도 싫고 설 수도 없으나

파인애플에 대한 리뷰

첫 장면은 이렇게 시작한다.

눈이 처진 여자애는 젖은 머리를 휴지로 꾹 짜면서

거기 잠시만, 어제는 사이즈가 없어서 원하는 걸 못 샀어.
누구한테?

여자애는 좁은 승강기 안에서 혼자 혀 짧은 소리를 냈
다. 우리가 눈여겨본 것은 채워지지 않는 블라우스와 풍
성한 가슴의 팽팽한 논쟁이었는데 여자애는 은박지를 싹
벗겨

초콜릿 50그램을 다정하게 뜯어 먹었다.
사원증을 잃어버렸어.
사장한테 대뜸

어쩔래
인사는 짧게 하자.

멍충이, 송충이, 악수

모양이 다른 고환이 주렁이 사탕처럼
주변에 꽉 차서 침을 삼켰다.

*

　상자를 열면 상자를 열면 캐비닛을 열면 살색 스타킹
이 무더기로 쌓여 있다. 이곳을 드나드는 자들은 알겠지
이 꼬랑내가 은근히 중독성이 있다는

　좀더 큰 것을 얘기하고 싶은데
　너는 오늘 어디니 아르헨티나
　너는 오늘 어디니 일본
　너는 오늘 어디니 복사기
　너는 오늘 어디니 보험
　너는 오늘 여기서 집중해

　노력이란 걸 너무 많이 하고 살았으니 이제부턴 좀 줄

이고 살자. 서류를 만들 때 오타가 너무 많아. 그걸 줄이
려고 집중을 너무 하고 살았으니 이제부터 좀 줄이고

　　스페인 대사관은 점심시간이 세 시간이야.
　　통장을 제로로 만들고
　　아끼던 폴라로이드 사진과
　　아침마다 겨드랑이가 찢어져 있던
　　블라우스
　　손톱에 붙이는 스티커와
　　볼터치 붓
　　손잡이가 작은 머그잔
　　노래방에서 들고 온 노래 책까지

　　바빠서 빨지 못한 언니들의 살색 스타킹은 캐비닛 안
에서 보물처럼

　　웅 굴러떨어졌어.
　　혀 짧은 소리를 냈다.

눈이 처진 여자애는 초콜릿을 먹으며
무게가 늘었고
약간 더 처진 여자애의 가슴은
분위기마저 오묘했다.

*

구운 새우를 좋아했다.
　오른쪽 페이지 아래에는 초콜릿 성분의 침이 떨어져
있었는데
　종이를 태우는 냄새와 일맥상통할지도 모르리

아직 굽지 않은 새우에 굵은소금을 뿌렸다.
언니들이 회의를 하는 동안
나는 살색 스타킹을 다 빨지 못했고
대사관에서 받은 영수증에 장난질을 치다가
야, 내일 다시 받아 와.
알았어요.

언니들은 구운 새우들을 좋아했는데
가끔 버섯과 조개를 같이 굽자고 했다
다리가 예쁜 애들이 살색 스타킹을 신는 것은
금지였고
검정색 스타킹도 금지였고
지하철이 지상으로 올라가
한강을 봐도 슬퍼지지 않아서
음악이나 듣자
나는 캐비닛 안에 들어가 숨을 끊었지만
야, 너 거기서 뭐 해
내일 다시 받아 와.
비엘 데이트나 체크해.
로켓의 준비 자세가 뭔지 아니
그건 의견이라고 생각한다.

　나는 언니들이 거기서 계속 구운 새우들을 좋아했으면
좋겠음, 월초라 덜 피곤해서 후추도 뿌렸으면 좋겠음.

*

  상반기에는 할아버지가 좀 돌아가셨으면 좋겠다고 생
각했다.
  할아버지가 가면 돈을 좀더 모을 수 있고
  하루 이틀 쉬고
  서쪽 콧구멍에 식빵을 붙이면서
  경제 상황을 듣다가
  어려운 그림을 보면
  와 멋지다 감탄, 잠시 개탄, 잠시 수류탄을 주물럭대며
  분주함들이 귀엽다, 야 진짜로 귀엽다
  향수는 뭘 뿌리나 향수는 어떤 주장이 되나
  어깨가 빠지도록 잘해주자.
  연애를 해도 달라지지 않을
  언니들을 위해
  매일 아침 여기서도

지점토

뭉게구름이 나눠 준 티셔츠를 똑같이 입고 앉아서
버스 번호를 더하고 빼고
번호만큼 안아주고
도로는 질문을 모르고 새는 숲에 할 말이 있지만
지금은 이걸
키스 키스 파프리카 주황 노랑 아 아 나는
의자는 의지를 사랑한다는 걸 알면서도
의자에 앉으면 눈물이 안 나서
우리 마지막은 왜 그리 작았나
생활의 안정은 시간의 정체를 따라 모든 정거장의 이
름이 되고
　지금은 잘 생각나지 않는 희미한 네 이마와 코와 볼이
라는 작은 꼬마에게, 노선도에게, 노년에게 몇 분씩 나눠
주고

스튜디오 k

우리 다시 할 수 있을까. 전기 끊긴 지하 구석에서 난쟁이 왕은 발전기를 돌린다.

*

음악을 뿌려. 끈적한 음악이 흐느적거리지. 어쩌다가 그리되었소. 춤을 추다가 난쟁이가 되었소. 원데이 걱정이 없어. 극소수의 신선함이 필요하다면 양주에 라임을 짠다. 우리는 삶의 이해를 태양보다 가치 있게 본다. 헤이, 저 방엔 힘 있는 난쟁이 왕들이 기다려.

잠시 기절하지. 너는 나와 헤어지고 개를 키우더라. 보살핌과 반김을 자주 나누려고. 모든 개들이 야구 모자를 썼으면 좋겠다. 홈런을 배우게. 물어 오는 것 말고. 멀리 던져버리는 요령을.

*

코어의 힘을 키워. 헤이, 돌려서 말하는 언니들, 제일 좋은 걸 꺼내줄래?

옛날에는 화가와 작가 들이 친했다는데 무슨 이유였을
까. 탱글탱글한 힙.

업, 올라가면 다 보여. 그런 거 다 들켜요. 느리게 모르
는 척. 비스킷을 먹는 의원들. 부스러기를 바치려고 휴지
를 받친다. 그게 문장인 줄 알고. 헤이, 아무것도 없는데.

하지만 스토리와 스토커는 어쩌면 퍽 어울릴지도 모르오.
이제 시작하오.

집착, 헤이, 괴혈병에 걸린 희망들. 비타민을 먹을까.
아니 여기로 집중, 모든 가능성이 망하기를, 우리는 왕이
되었다. 육체를 만지는 건 죄가 아니지. 정신을 만지는 건
죄가 될지도 몰라. 개선은 처음부터 할 일이 없다.

왕은
운동을 싫어하고
운동권을 싫어하고 많은 권리를 거부하오. 문손잡이가

닿지 않으오. 난쟁이는 대학생이 되지 못했소. 왕은 교양을 모르고 왕은 졸업식에 가본 적이 없으렷다.

오늘 밤이 졸업식. 과거 인연들에게 꽃을 받지.

*

헤이 그러니, 또 가서 불을 켜야 한다면, 귀찮다면, 키 큰 여러분! 잠시만요. 발전기를 돌리러 갑니다요. 발전기를 이렇게 돌리는 건가. 갑자기 생각이 안 나네. 생각이 없는 모든 행동을 춤이라고 합시다.

어린아이들이 입구에서 어른들을 위해 타로점을 본다. 새로운 걸 시도하지 마세요. 어린아이들은 돈 대신 클럽 운영권을 받는다. 유모차에서 태어난 신생아들은 부동산을 팔지. 계약하세요. 지금은 운석을 살 타임.

골프용 장우산을 펼쳐. 난쟁이 왕들은 너무 작으니까. 국가를 만들어드리오. 강도와 폭행과 가해자들. 행복한 가해자들. 선善은 키가 크지. 우리는 여기서 줄어드오. 기다리다가 줄어드오. 사실은 칭찬받는 것보다 그 반대의 일들이 우리들의 명예를 지켰소.

*

이오이오 앰뷸런스 돌아가시기 전에

난쟁이 왕들은 나라를 잊지. 나라는 확장되지. 춤을 추지. 본능 상승. 무말랭이 오돌뼈를 씹으며 성도들은 티팬티. 음악 좀 바꿔줘요. 현실을 차지하고 싶으오.

신도 어디 갈 데가 없다면 설령 외롭다면 거기에 넣어. 주차장 입구. 아직 널널해. 희열은 느끼오. 불붙은 시가를 물고 내 개는 달린다. 우리는 끝났어. 너를 이제 반복하지 않을 거야. 나도 키운 지 얼마 안 됐지. 난쟁이 왕들과 개의 로맨스.

*

그렇지만
게이트는 픽 작동 없음.

사자를 타고 달린다

빛은 사람을 알까. 그래서 붉어집니까

  생일 초대 받은 집에서 훔쳐 온 가족사진 몇 장들. 서랍 속에 가득한 수십 명의 타인. 어쩌면 분노보다 더 센 놈이 있을 것 같아서

  세 개의 육교를 건너야 합니다. 육교 밑을 느끼는 일은

못 하겠어. 비는 사람의 맛을 압니까
사람에게 빠진 걸까. 그런 걱정 따위에

혼혈아가 돌아왔다

콜라 속에 말벌이 빠져버린 여름
곤충에게는 어떤 기회를 줘야 하나

말벌이 빨대 속으로 내 입속으로 들어왔다
열대야는 어느 탐험가의 회상록
멈추지 않고, 발버둥 쳤고, 허둥대고, 이해할 수 없고,

나는 삼켰다

　잠시 여기 앉아

　쇄골이 비슷하구나. 가족사진이 시작된다. 언제 돌아
가니. 이제 안 왔으면 좋겠다. 좋은 일은 다락원을 지나서
호원동에 나온다. 우리는 서로를 잡고 울었고 척추를 만
지며 아마씨를 먹는다

　나는 일찍 썩었구나
　구름이 붕대를 풀 시간

　면적과 형체는 어디에 쓰이나 작은 공장들 작은 일들
저절로 꺼지는 캠프파이어

나는 절뚝거리는 바지들이다

눈이 얼고 미끄러운 길에서 오늘의 기사를 생각한다. 탁자를 부수던 윗집과 아이를 죽여서 냉동하는 앞집을 빠져나온다. 종교가 있는 사람들은 표시한다. 대문은 믿음을 본 적 없다. 때때로 인간에게 백신을 실험하지 마라. 환경운동가들의 메시지가 도덕적 비판처럼 들릴 때가 있다. 골목을 지나고 대로를 지나면 상가가 나오고 전철역이 나온다. 눈이 멀고 미끄러운 길에서 한 사내가 넘어진다. 나는 사내를 부축해주고 지팡이도 주워준다. 사내는 내 팔짱에 꽉 의지하며 가슴을 만지작거린다.

더듬대는 자는 느낌에 집중한다. 눈이 붓고 미끄러운 길에서 익월의 손익분기점을 생각한다. 감성을 건드리는 사건이 필요하다. 나는 사내의 얼굴에서 검은 안경을 뺀다. 우연히 밟는다. 비둘기들은 일부러 사람들이 많이 다니는 곳에 딱딱하고 큰 열매를 떨어뜨린다. 잘 으깨진 먹이를 나눠 먹으며, 이제 여기만 건너시면, 신호등 소리 들리시죠? 가세요. 사내는 초점 없는 눈으로 절뚝거린다. 나는 뒤에서 사내의 걸음을 따라하지. 내 뒤로 요구르트 아줌마가 수레를 끌며 절뚝거린다. 나는 아줌마의 걸음을 따라 한다. 아줌마 뒤로 음지가 절뚝거린다. 나는 음지

의 걸음을 따라 한다. 포즈에는 당파가 없다. 집을 팔아야
한다. 부동산에 들어간다. 세탁소는 안개를 푹푹 끓이고
있다.

감각은 어떻게 실패했을까

점검한다
공개되지 않았습니다
강조하고 싶었지
다람쥐는 참 빨라 계곡으로 출근하는 파크레인저
봉우리에 사는 사내가
작은 트럭을 타고 털털털
대관령 고개를 넘어갑니다
저 봉우리에 사는 여자에게
오늘 먹을 도시락을 전해줍니다

칼슘 같은 걸 먹어야지
뼈가 약해지면
돗자리에 누워봅니다

먼 풍경을 보면
내 등이 혼자 울고 있는 것 같아

노을이 지붕을 마십니다
비행기가 하늘에 쓴 문락文樂

해변은 옆으로 누워서 한쪽 다리를 올렸다 내렸다
운동합니다

무덤 앞에서 절하는 사람들
돗자리 위로 자연이 자라지 않으니까
돗자리 밑으로 분노는 자라지 않으니까
산소에는 화장실이 없습니다

골짜기에 멍하니 있는 빨간 애. 정신 나간 애
그 애와 경쟁심을 느낀다
질투심을 느껴
그 애 앞에 엎드립니다
이렇게 해봐
이렇게 해줘
이렇게 하지 말자
나는 빨간아기꽃버섯에게 오늘의 도시락을 전해줍니다

오전 8시와 밤 8시는 왜 같은 바늘을 써야 하는지
허물은 콘도에 벗어두겠습니다

비밀번호가 없는 방을 선택한다
표현주의는 안식과 맛소금을 찾겠지만
돗자리야
그래도 여기가 네 자리는 아니지
공동체를 부르는 건 속임수잖아

가로등은 어떻게 미로를 끈 것입니까
내일은 어둠과 우산을 나눠 쓸 테니
웅얼거리지 마십시오

여기는 아무도 없습니다
미워할 대상이 없어서
감각은 두 계단 위에 서 있습니다

마취된 시간

오동나무가 다섯 살일 때, 한 스님과 놀았다. 스님은 내게 알사탕을 주며 바다 옆에 서 있어보라고 하였다. 옷도 하나씩 벗어보라고 하였다. 종달새들이 뱅글뱅글 돌고 있었다. 나는 동그라미를 깨물며 있었다. 스님은 내 발바닥에 박힌 유리 조각을 면도칼로 파냈다. 한 번에 파낼 준비를 하면서 멀쩡한 내 반대 발을 꽉 밟았다. 이것밖에 없지. 스님은 절벽 아래로 뛰어내렸다. 떨어진 나뭇가지를 주울 때마다 운명과 놀고 있는 기분이다.

알루미늄 시민들

캔, 지하에서 내게 물었지
당신은 어떤 사람입니까

나는 불에 탄 캔을 닦는다
철 수세미로
빛나는 알루미늄 껍질들

영원히 사는 것을 믿는다
피부를 문지르며

한남대교에서 사람이 떨어진다
리듬이 빨라지고 세계가 궁금하지 않을 때
눈이 내린다
소문 없는 폭행처럼

캔, 나는 썩지 않는 생명을 기원하며 희곡을 쓴다

모든 관계는 이야기가 없어도 좋다

무대 위에
우유가 내리기 시작한다
우유 속에서 느리게
정지하는 것도 움직이는 것도 모두 허락되는 곳
인간과 물질의 거리距離가 더 자라기 위해
단백질과 평화가 가득한 나라

캔을 눌러 동전처럼 누른다
길거리 속에 던지며

탕 탕 탕? (묻는 소리)

텅 텅 텅! (퇴장하지)

모든 관계는 상상이 아니다

암전

피부는 다 벗겨지고

어둠 속에 남은 사골
손전등처럼 캔을 쥐고

선언한다

캔, 나는 음식보다 음악을 사랑한다네
내 슬픔보다 남의 슬픔을 아꼈어

나는 국밥을 엎어버리고 희곡을 쓴다
유통기한을
내가 가진 모든 법을 버린다네

다시 우유가 내린다 동전이 내린다 눈이 내린다
캔, 누워봐 무엇이 먼저 닿는지

개인전

뒤집힌 체육복을 입는다. 박음질이 다 보인다. 허리가 작은 체육복은 피부에 자국이 남는다. 빨지 않은 체육복을 입는다. 냄새를 맡아본다. 음 아직 그대로야

숨이 차면 뛴다. 집 근처 국립묘지를 돈다. 위병들은 무심히 서 있고, 도토리를 걱정하지 않는다. 비석을 넘어뜨리지 않는다. 레바논 전쟁 이야기를 듣는다. 죽은 시체의 등을 갈라 내장을 꺼내던 일. 기억은 시간을 이용한다. 무게를 줄이는 건 비슷해

숨이 멎어도 혈압이 뛰고 있는 날. 나무들이 사람을 거두는 계절이 온다. 내 뒤로 청설모와 캥거루와 노루가 따라온다. 배낭과 지팡이와 운동화가 따라온다. 그들도 뛴다. 그들은 뛰다가 멈춘 내 몸을 가만히 쳐다본다. 국기를 보듯, 첫눈이 내린다. 모두 자고 있을 때, 우리는 전체를 사랑한다

대표적인 기술 형식으로 짜인 합성극

하필 가지밭에서

매우 잘생긴 우리 할아버지는 보라색 가지를 들고 발성 연습을 했다. "맞아요. 잘해요." 나는 장단을 맞춰주었다. 두번째 겨울이 온다 해도 대표적인 작곡가로는 아흐덩덩과 베르디와 쩍새가 있다 하였고

나는 달의 사연으로 귀마개를 만들고 있었다. 귀에 새싹이 돋았다. 줄기가 튼튼해지고 매우 잘생긴 우리 할아버지는 보라색 가지를 들고 발성 연습을 했다. 한번 잘 보라고

우리는 곤충에게 사실을 알려주었고
상황이 남았고
자그마한 것들이 자연과학자를 울릴 거라고 믿었지만

우리는 후렴을 같이 불렀다. "할아버지. 펜싱을 해봐요. 가지를 들고." 몸에 좋아요. 움직이는 건 새로운 신호가 될 수 있는데. 그렇게 오랫동안 영향력을 행사한 것

같다고 하여 귀족들의 농업이 끝나고

떠난 이는 증상처럼 슬쩍 되돌아왔다가 상황을 확인하고 다시 떠났다.

할아버지와 나는 가지와 가지를 따서 길게 연결했다. 그리고 귀뚜라미에게 넘겨주었다. 귀뚜라미 씨, 아흐덩덩 나른해지면 낚시를 해봐요. 모두 모두 잘 자요.

겨울바람은 고전을 뛰어다녔고 매우 잘생긴 달은

정면의 오후

보도블록에 앉아
고구마 줄기를 다듬는 손길을 보고 있노라면
말없이 이어지는 식물들의 소멸은 참 더딘 것 같은데

아직은 아니지

다른 나라 갔다가
디자인이 특이해서 사 온 물나무 힐을 신고
계단에서 굴러떨어져보면 충고는 함부로 하는 게 아니
었는데

지금도 멀었나

야광 조끼를 입은 청소부가 낙엽 하나 집는다
아저씨 그거요. 제가 데리고 가면 안 될까요

쇼핑백에 낙엽을 담아 와 피아노 위에 올려둔다
마음껏 틀려도 괜찮은

알지?

앞 동네 2층에 독서실이 생겼대

거기선 말 안 해두 되구, 혼자 있어두 되구

그전엔 뭐였더라

식당이었나 옷 가게였나 그니까 이제 떨지 마

전화가 울릴 거야. 받으면 또 끊기겠지만

먼저 행동하는 사람

그동안 내가 사랑했던 남자들은 샴페인 병 속의 그와 그와 그들이었다.

아 깨끗해

하고 상쾌하고 아찔함 그 후를 살고 싶었다.

지적이면 창의성이 부족했고 엉뚱하고 재미있으면 합리적이지 못했다.

나는 스페인 어부와 아리랑티비에 나오는 아나운서의 사랑 이야기를 해주면서 별사탕을 먹여주었다.

사람들은 유명한 축구 선수들의 이름과 연애사와 팀 전략을 잘 알고 있었다. 나에게 설명하고 설명하고 잘할 수 있겠느냐고 반문했다.

경기가 없는 경기장에

맑은 날씨가 고왔다.

나는 준비운동을 하고 있었다. 신발 가게에서 사람들

은 다리를 벌리면서 멀리 내다보고 있었다. 반칙에 패널
티를 걸지 않았고 결과는 알게 되므로 벤치에는 얼음 생
수가 충분했다.

도시는 나에게 필연적 사고 과정을 부여했다

새로운 도시가 발견되고
인류가 생명을 연장한다면, 그녀는 구석에서 노끈을 자른다. 김이 나가고 차가워진 일이다.

이를테면 스프링이 나타나고, 그녀는 아픈 국가를 잊어버린 채 탕을 끓인다. 손님들이 먹다 남긴 뼈를 우려내면서

회전문은 두통을 모르고 냉동차는 안개를 품고 도착한다.

버스나 건물을 그대로 두면서 닭이 끓고 있다.
차가운 물이
수증기가 되고
고기가 고기를 찾는
초현실의 순간

눈이 오고 눈이 오지 않는 요일에도
문, 거기엔 계속 닿고 싶은 빛이 들어가고, 우크라이나 국가의 주변에서

새벽이라고 부르는 살코기의 국적 없는 망명들

끝내야 하는 것은
뜨거운 물에 불린 닭 털이다.
하얗고 조용한 증발이다.

첫 관계를 배울 때, 육신의 연한 조직은 털이 많은 짐
승에게 아무것도 느끼지 못하였다.

언젠가 울타리 밖에서 서성대던 감시자, 이를테면 스
프링이 휘어지고, 사고는 주기적으로 일어난다. 주인은
남은 것을 정리하라며 그녀에게 할 일을 준다.

오늘은 질긴 껍질의 줄거리를 풀어본다.
노끈을 자르면, 냉동 닭이 가득 찬 박스가 열리고, 골
목이 열리고, 화재 경보음이 울리고

질퍽이는 냉동 닭을 끌어안고 강서 지점 간판 밑에 서
있다.

환영같이

티브이는 내용 안에서 움직일 테고

흑인 목사는 들리지 않는 영어 예배를 몇 년간 주도하
겠지.

피

그녀는 잘린 노끈을 처음처럼 연결한다. 소금보다 고
운 첫눈이, 저런 건 틀어진 살들의 노래일 거야.

피

피로하다라는 말은 한국어로 무엇이지.

그녀는 천장 꼭대기에 매달려 있다.

흔들리는 스프링

이를테면 녹슨 도시가 튕겨져 나가고

날이 풀리면

눈이 녹고, 창문에 두드러기가 붙으면, 액체가 꿈틀대고, 도시의 암벽에는 실외기가 매달려 있다.

우리는 능글맞게 순진하게

고기는 고기를 피하고, 서로에게 무뎌지지. 도시는 긴 팔을 꺼내 서로에게
묶인 뒷목을 끊어주려고
여린 미래부터
팽글팽글 돌리고 있는 것이다.

클래식

벨기에 출신의 어린 모델은 데뷔 초기에 괴상한 물체
나 야생동물 사이에서 주로 촬영했고, 각광을 받는 자리
에서 즐겁고 평범한 일화를 건네주면서 보도자료와 리뷰
를 검토했으며

거절의 풍토가 어떻게 하면 최고급의 세련미를 갖출
수 있는지 지상 위로 올라온 연못의 붕어에게 초밥을 던
지는 것은 아름답고 위험한 일이며, 아름답다고 그대로
받아 적는 기자들의 애매한 가식과 허세는 단지 분위기를

형성하는 표면일 뿐, 보존과 진행은 풍부해지시며, 시
든 풀을 들고 울고, 묻고, 물어뜯고, 정지하고 시든 풀을
두고 가면, 거기는 어떻게 되는 거고, 우리는 어떻게 되는
건데, 누구의 짓인지 의논을 내리는 모의실험의 양상과
다시 거절의 구조가 시작된다 해도, 안 된다는 것은 밀폐
의 수사가 아니다

III
Sélectionner

죽어가는 레티지아를 보는 것은 왜, 짜릿한가

나의 베이비
식물의 축제에는 참석하지 말기로 해요

여기가 더 재밌으니까 그러니까 비가 온다
메에에, 젖은 양들에게 치킨버거를 돌리는 건 어떨까

나의 베이비
나의 작은 방
주유소 간판을 뜯어 오고 싶어서
기름을 두른다

네
요리는 최고의 아류가 아닌가

이유는 복잡하고 반응은 가볍게 튀겨지리라
에헴,
코는 옆에서 봐야 높이를 알 수 있다

진짜 패를 돌릴까. 전쟁이 끝나고 나태가 끝나고. 창문

이 글썽이네. 큰 아빠 작은 아빠 큰 애들 작은 애들. 사적인
일이 공적인 일로 확대되네. 그러나 빗물의 정치는 박애

    나의 딸랑이를 모아 베이비를 늘릴까
    싱글이네
    딩동
    아직
    빙글
    정체성을 찾아주기 위해
    화분을
    오븐에 넣고 돌린다

    이불 속에서 우리는 한자처럼 보일 수도 있다
    이불 속에서 우리는 생산자처럼 보일 수도 있다

    조합원에서 탈퇴한
    사내의 복부는 참으로 근사하다

    한 달 동안 우유를 마셔요

위에게도 나눠 줘요
튼튼해지게

    결합의 상대는 그 대령이었는지 그 대통령이었는지 대수의 집합에서 튀어나온 스위치였는지 모르겠다. 밖에는 비가 온다. 변함없이. 나의 베이비. 죽어가는 아이를 두고 집을 나간다

라보나 킥Rabona Kick

스포츠에서 가장 중요한 것이 기록과 승패라고 생각하
지 않는다

여유 있는 준비와 광고는 시민들을 열광시키고 정신을
빼앗는다 스포츠의 목적은 다수의 건강이 아니며 현실을
망각하는 것

미디어를 통해 휴식을 얻고 싶은 사람은 통신이 고장
난 상태를 참을 수 없고, 급기야 상담원은 모델명을 불러
달라고 한다

티브이 뒷면 낡은 기호들을 더듬더듬 불러
부속품은 단종되었다고 한다 흑백과 잡음이 섞인 뇌
속을 아무리 들춰봐도 응원은 들리지 않으며

경기를 시작한다
불안에는 공이 필요하고
불만에는 선수가 필요하다

밤을 견디려면 스포츠를 잘 봐야 하고 맥주를 마시다 잠이 들고 꿈에서 만난 사람을 현실에서 다시 볼 때

이상한 훈련을 받고 있다는 생각이 든다 끝나면 진짜가 시작되는데

상대가 차가운 시멘트라면
나는 바닥에 얼굴을 갈아 빛나는 루프탑에서
폭발하면 안 되니까, 나는 마시고 취할 것이다

"지난날의 투쟁과 최선은 인간을 나약하게 만들어" 부엌에서 쇠 국자와 국가 별들이 썩은 이로 한꺼번에 떠들던데, 환영幻影에게 보고 싶은 마음이란

겨울이 내 유년 시절을 다 휘저었지
나는 미래에서 제외되지 않으려고 숫자 쓰는 일을 한다

보호받으려고, 구별하려고, 남기는 인간들의 행적이 내 정신에 코드를 새겨 넣는 지랄을 진리라고 부를 수 있

다 아울러 스포츠 중개자의 에너지는 일반적인 해석일
뿐이다

개인전

목탄화 속으로 비가 쏟아진다. 언제 그칠지 모른다. 일주일째 백합나무를 그린다. 화가들은 어떻게 살아가나, 지우는 일이 더 많고 노트에는 아무 광경이 없다. 조경사는 가지를 치고 나무를 뽑고 숲을 보살핀다. 손이 닿지 않으면 크레인을 사용한다. 선이 넘친다. 숲길 모퉁이엔 귤색 머리를 한 예술극장 감독과 화장기 없는 여자가 대화를 하고 있다. "이번 공연 어려워요. 민요라는 게." "그것보단 변수가 중요해요. 그것만 생각하세요." 자전거나 자동차가 같은 방향으로 사라진다. 산책 나온 노인은 질긴 고기를 씹다가 아기 입에 넣어준다. 나는 지렁이 젤리를 씹는다. 맞은편 빌라 안에 공작새가 들어 있다.

스파클링

여름비는 탄산처럼 내려
갈 곳이 없어서 친구네 회사에
모두 퇴근하고 사무실은 조용해
책상에 올라앉아 밖을 봐
다리를 흔들면서 오늘은 안녕
건물과 사람들이 많이 컸어
친구는 나보다 일을 잘해
가슴에 안기면 친구 턱에 맺혔던
눈물이 내 눈 속에 떨어져
한 방울 눈물이 운동을 하지
그걸 눈동자라 해 우리는 복사기를 같이 사용했고
창가에 앉아 사이다를 마셨어
투명한 달팽이가 투명한 해골을 찾으러 떠나가
우리는 최선의 앞날을 동정했지
우리는 대회의실에서 길고 부드러운 수분을 나눠
우리는 어둡게 굴러가 우리는 흥분했지
친구는 카펫 끝까지 하얀 얼룩을 세게 날려
신나게 박수를 쳤어
나는 친구 귀에 대고 속삭였어

1층 편의점은 멀리 있다
밝은 곳에서 비틀거리는 몸이 많을 텐데
싫으면 하지 않아도 된대
하지만 빨대는 마음대로 가져가도 된다

비와 빛과 물질과 이중성

슬기롭습니다

화해하는 방법을 안다는 것이
배구는 졌고 계주 결승이 남았는데
밖에서 비를 오래 맞았는지
온몸에 물집이 가득한 마부
노새 한 마리를 끌고 나온다
이봐, 여기에 발을 올려
희망은 망아지가 물고 온 여물 같은 것
수그리고 허리 펴고
수그리고 어깨 펴고

저녁에는 오골계를 지지하겠습니다

축구도 졌고 계주 결승이 남았는데
짐을 맡긴다
하나보다
곳곳에 관계를 둔 사람
우리가 지금은 만날 수 없더라도

사진에 사연을 담아야지
노새는 풀을 뜯는다
나는 풀이 되지 않습니다
노새는 똥을 낳는다
나는 똥이 되지 않습니다

건조하다
고산지대는 절벽이 핥던 두유 같은 것
운이 좋습니다 남은 생의 묶음들
관념에는 털이 자란다
샴푸가 필요해서
진심으로 웃습니다

마부는 노새 목에 종을 단다

사람을 만나고 싶어
사람을 만나고 싶어

티셔츠가 바람에 흔들립니다

아무리 찾아도 목을 빠뜨린 것 같은데
내 배 속에는 암석이 가득합니다
배구도 졌고 계주는 남았는데
기지개는 팔다리의 책임이고
무지개는 느리다
우리는 좋아했지
사랑은 비위생적인 행동에서 비롯됩니다
우리는 깨끗한 사이
차를 끓일까요 우리는 우리를 응용할 수 있으니
미움을 보살피기 위해 장난감을 찾는다
염소와 마차와 비탈을 축소시키는 일
의사는 내 잇몸에 엽서와 편자와 레진을 박습니다

나는 사람을 만들고 싶습니다

노새를 탄다
바라는 것이 많으면 몽글몽글 냉이 묻어 나올 것

흐물거린다

잘 서지 않습니다

내 목에 종을 달아라 퉁퉁한 혹은 이동합니다

축구를 못합니다

산을 넘습니다

세수를 합니다

아무 데나 콧물을 닦는다

소수민은 다른 민족에게 화를 내지 않습니다

무언가를 아직 살려둘 것

새벽이 뛰어갑니다 연장을 들고

늑골은 국내 산업에나 헌신할 것

여름 나무들은 계속 장발이 되었지

어떤 고어의 건너편에 가기 위해 가방을 팔아야 한다. 나무들이 서 있다. 지상을 들고 다니던 손잡이처럼. 강아지 한 마리를 산다. 데리고 다니는 걸 좋아해서 가방이라 부르기로 한다.

가방, 거기에 싸면 안 돼, 착한 짓을 해야 간식을 주지. 가방, 알았지. 조용히 있어.

퇴원한 아버지 혹은 아무거나 머물던 자리. 베개도 없이 가방을 베고 잤다. 추웠어. 계속 추웠지. 퇴근 후에 잠에게 용서를 빌면 된다. 씨앗은 눈을 옮기고. 사람을 옮기고. 목도리. 도리도리.

가방. 너도 멀리 갈 거니.

가방이 짖는다. 나를. 보면서. 새침하게. 나는 계속 흐느적거리는 문장을 말한다. 흐느적거리는 공예가 될 테야. 결의도 없이. 세계인이 즐기는 공예 축제는 계속된다.

특이하고. 온유적이고. 감각을 잃지 말고. 유유자적 용맹스럽게. 목도리. 목을 조르며 아버지는 내 머리카락을 다 가져가신다.

오전과 오후 내내

　마루에 기린 하나가 들어왔더라. 아주 작았어. 무릎 정도. 목이 마르다고 했어. 시원한 보리차를 주었어. 머리를 쓰다듬었어. 속눈썹을 깜박이더라. 마루에 기린 하나가 들어왔더라. 아주 크더라. 다리를 펴고 이야기를 들어주더라. 멀리 있는 이야기는 하지 않았어. 마루에 눕더라. 철렁했어. 팔뚝 그림자를 만지더라. 기린은 주방에 있는 전자레인지를 보고 있어. 버튼을 누르면 불이 켜지지. 빙글빙글 돌아가더라. 한참을 보더라. 음. 음. 기린은 맹글맹글 돌았어. 그런 시기가 있더라. 분무기가 있더라. 머리를 쓰다듬었어. 촉촉했어. 속눈썹을 깜박이더라.

크기가 다른 밤

여름이었고 여행이었고 냄비를 열었을 때 뱀이 똬리를
틀고 있었다. 미군이 보이고 세네갈 대사관이 보인다. 아
무도 물지 않았는데 뱀 머리에 못을 박고 몸통을 가른다.
놀란 것 같은데, 어떤 쪽이 침착해졌는지 모른다.

가판대에서 과일이 굴러떨어진다. 우연히 밟게 되어
가판대 주인이 내 얼굴을 빤히 본다. 우리는 물컹거리며

녹사평을 지나 거리의 동상들은 영원한 음소거
멈추다가 멈춤
툭 툭 툭
비가 공중을 감춤

술 취한 여자들이 우체통 옆에 쓰러져 있다.
가끔 일어나 누드를 보여주는 게이들
몸의 소명

이런 게 있어
그래?

거기서 뭐 하니
바르고 있어
뭘?
공기
껌 하나 씹을래?

하루에 한 명씩 모르는 사람과 만나고 싶어.
마찰이 필요하지.

망고를 집어 손님의 뒤통수를 때리는 장사꾼, 대체 어
디에서 왔니, 머릿속은 알 수가 없어 무슨 씨가 들어 있
는지

기도는 아무것도 없이 시작해야지.
땅은 기도하지 않는다 숨기지 못해서

별은 헛것처럼 반짝인다.
헛것으로 죽을 수도 있으니까
우리는 별을 맨 위에 두기로 해.

울다가 자면 물방울이 될 테니
수많은 방울방울 안에 네가 들어 있고

모든 혼자는 미래처럼 보인다.

상품을 타고 싶어 다트로 풍선을 터뜨리다가
다트의 뾰족함이 무엇과 닮은 것 같아

모든 찢어짐이 다 입이 되는 거라면
아, 아가리 소리
감각은 왜
그것은 크기가 다른 콘센트 구멍, 전기 없는 입구들의
클럽

천국에서

어젯밤에 남의 신발을 신고 비틀거렸다
아직도 움직이나 보려고

시금치를 끓는 물에 넣는다
식물이 허물어지듯

사과와 사형, 그런 비슷한 말에 참혹해지던 사람
거울이 남긴 걸 치우던 사람

먹지는 못하고 놓기만 하는 날들
선반 위에 접시를 채우면
태양이 뜬다

슬픔은
슬픔과 한잔

뜨거운 식물을 건지고
남은 물을 버린다

사람은 무엇인가

승강기 앞에서 숫자를 기다린다
기계와 신체가
돌아가며 나를
가져보리라

텅 빈 승강기 문이 열렸다 열렸다 닫힌다
자신의 정원을 보고 가듯이

내 동생은 쥐포를 먹으면서 죽었고 우리는 아무 전망 없이 발전했다

어느 날 하수구에 빠진 후로

벽돌을 만들 때에는 물과 빛의 조화가 중요하다. 잠자는 당신을 뒤에서 안아보고 싶은데 오늘은 무슨 일이 있었다고 없는 이야기를 만들어서 놀라게 하고 싶은데, 나의 하루는 인기 없는 꽃집의 반복되는 수다일 뿐

수요일엔 싱싱한 성게를 먹으러 갈까
어부가 열어보던 노란 살의 고소하고 쓸쓸한

수락산 벽돌 공장 아이가 수갑을 풀듯이, 아래로 더 아래로. 물 밖의 천적이 나타나도 제일 아픈 곳에 추를 놓는 바다가

손바닥을 맞대보다가 떨어뜨린 섬들이 여기저기 쌓여 있다. 바다표범이 돌아다니다 주워 온 주먹들이 의지 없이 떠오를 때

생물을 털어내면서

오줌 좀 누려고
가정을 만들고 살았지

　우리는 너무 오래 태어나는구나. 별들이 금속처럼. 서
성대면서. 새벽에 울리는 전화는 죽은 이의 기척이라는
데. 수심을 확인하러 간 잠수부는 돌아오지 않고

강장하무약졸 强將下無弱卒

이봐 보이나 자네 지갑을 훔쳐가는 취리히 소년을 놓아주게 그 소년은 자네의 신분과 호텔에는 관심 없다네

노천카페에서 잠시 쉬게 자네 육신을 혼자 들 수 있겠나 저 옆에서 울고 있는 군인과 합석해도 좋네

기다리던 창문이 어디였는지 자네가 들었던 총소리를 멈추게 해줄지도 태권도 하는 아이들은 구령과 동작을 일치시키네 생은 꿈틀거리지 물끄러미 엘리베이터에서 자네 발을 밟았던 지팡이의 신호를 잊어주겠나

니트 밖으로 보이던 어깨 화상에 표범나비를 올려주고 가끔 자네 이불 속을 더듬던 손들을 염려했지 땅속의 씨들이네 입술을 깨물다가 입술이 없어져버린 늙은 호박들을 그냥 두게

웅크린 세계는 오래된 일로 더 힘들었을 테니 순면이, 지느러미의 눈부심을 기억하는 것처럼 뒷골목에서 담배나 피우고 있을 때 우리는 본심이 되네

자네는 열대지방 모르게 저 멀리 눈을 내렸지 자네의
귀중한 공구 세트를 닦아주겠어 그러니 질문하지 말게
지금 반주를 쳐주겠네 비난을 받아주겠나 어쩔 텐가 서
버는 돌아가나

벙커

예컨대 그 물건은 육체를 차지하고 결합하는 준비 과정에서 조금씩 어긋났다고 볼 수 있다.

지하에서 타이핑을 친다.

대본 속의 너는 줄자로 방바닥을 재본다.

줄자로 오디오 전깃줄을 재본다 아아 목을 가다듬고 발성 연습하기

어디로 갈까

잘 봐. 저건 시큰둥하다.

기사는 40피트 컨테이너 안에 섬유 기계를 넣는다 날카로운 작업이 곧 시작되고

컨테이너 타고 기차 타고 창고를 털어, 마을버스 타고 손잡이에 기대 코 골기. 기대는 모든 것은 사귀는 것 같아. 같이 줄 서기. 대구에서 두 시간 동안 맛집을 찾아서, 이건가. 여기다. 우리가 찾던 곳. 신발장에 있는 신발들을 섞어놓는다. 슬리퍼를 찾는 동안 장화를 확인하기. 너는 핸드폰을 들고 멀리 간다. 여보세요. 출장이야. 출장은 일

하러 멀리 가는 길. 나도 보고 싶지. 여긴 끝장이 아닌 길.
단팥빵이 유명하다는데 팥은 정말 복잡하게 생겼구나

　왜 이래
　얼굴은 쉽게 변경된다.
　호핑 여행을 가자
　오래 머무르는 건 위험해.

　먼저 씻을게
　샤워기의 발병률이 높아진다.
　벙커 벙커 이건 신뢰의 문제야
　유행하는 바이러스, 그건 특히나 발달 문제예요. 너는
수세미 열매를 잘라서 끓인 간장을 넣고 더운 여름을 만
듭니다.

　투명한 비커에 넣어 선물해야겠어요. 미련의 절반 이
상은 영양실조
　조명은 달고 달달하고 달은 번져서 굴러가고 작아지고
없어지고

나는 지하에서 타이핑을 친다.

감염
설탕
피어싱
설탕
압력
설탕
세게 잡아줘. 악력. 벙커 벙커
잡탕 같아, 기아 문제
목을 가다듬고 발성 연습하기, 성악을 하고 싶어
마음대로 소리를 내기 위해선 장소가 필요해
그렇다면 현무암과 화강암
이런 것을 사랑한다고 헤어질 때
나는 고백했다.

프레리도그는 남자라고 거짓말했다.
너는 우리가 둘이라고 거짓말했다.
꿍꿍이 장바구니

다큐에 나오는 프레리도그 집단의 옆얼굴
하나인데 여러 개가 되는 것 같다.
만져보면 부드러울 것 같아
포식자 이불 속에서
옆모습으로 구현 평화를 빌지 않는다.
베개들 베개들 마시멜로
빠져드는 오리엔트 문명을 찾아서

안전은 그대로
연비가 좋으니 달릴 때 기름값은 걱정 안 해도 되겠구나.
사람을 안을 때 입체감을 느낍니다.
다시 압력
10년의 사랑에 경의를 표합니다.
르완다 국기를 그려줄까, 잠
잠이 필요해
잠 때문에 더 이상 만날 수가 없어
얼마 줄래?
2백?

멀미 나 다른 차로 바꿔 탈게
먼저 나갈게. 너는 신발을 신고 가방을 챙기고
현관 옷걸이에 코트를 걸고 나간다.
내가 없어도 같이 있다고 생각해

물건 보고 생각나는 건
물건의 저음 같아
석탄과 구조 얘기를 하고 싶다.
대화의 솟구치는 재료를 알 수 있다.
이제야 너를 보내 나는 순한 사람
타이핑을 친다 경제활동은 크게 제약받을 것이며
협력과 리더
벙커 벙커
우리는 자막 없이
돌아보지 말고 굿나잇

윤곽 있는 삶

우리는 공영 주차장에서 모이기로 했는데
연락을 잘못 받아서
공사장에서 만나버렸다
인부들은 출근하지 않았고
밖에서는 사물놀이가 한창이었다
누구를 만나야 할지 몰랐는데
저쪽에서 오리 한 마리가 걸어왔다
옆에서 포클레인이 움직였다
위에서 기중기가 움직였다
나는 주변을 살피다가 호수를 끌고 왔다
오리 한 마리와 포클레인과 기중기에게
나룻배를 타러 가자고 했다
좋은 계획이었다
나룻배를 타다가 물에 한번 빠지자고 했다
옳은 말이었다 그러다가 추워지면
긴 타월을 감고
우리 집에 가서 허브차를 한 잔씩 하자고 했다

오후 3시

나비가 참외 껍질에 약도를 남겼습니다
여기로 와. 칼과 길은 비슷하게 생겼지만

창문은 인간에게 천 년마다 오두막 한 채를 지어줄 테니

안개 속에서 나타나는 해적선
인燐이 쌓여서 파래지고

독수리가 재주를 넘습니다
곡예사처럼
시력을 잃어가면서

우리는 얌전해집니다
각자 자신의 일에 몰두합니다

박물관은 언제 문을 닫습니까
그런 일을 기념으로 남기고 싶습니까

늦었습니다

교양이 거칠어집니다
방향제와 양초를 구별해주십시오

우왕좌왕
양양에는 빈 구두들이 떠 있습니다
보조개가
파인 것들을 지키면서

장미와 도넛

빈 초등학교에서 술 마시고 노래하고 떠드는 소리가 들렸다. 한 살인자가 해롱거렸다. "이것 봐. 양파밭에서 장미 씨앗을 찾았어." 그들은 씨앗을 한 톨씩 삼켰다. 뱅글뱅글 불이 켜졌다.

화장터에서 나는 화장을 하고 싶어. 거울을 보며 얼굴을 두드리며, 뺨을 맞는 기분보다 더 시원한 느낌, 깨끗한 뼛가루를 남기면 그 뼛가루를 반죽해. 도넛이 되려면, 큰 구멍 작은 구멍이 필요하지 어디서 찾을까, 나를 떠났던 사람들의 이름에서 가져올래. 나는 기쁘고 싶어. 나는 이미 죽은 사람과 죽어가는 사람을 결혼시키고 싶어. 나는 단장하고 싶어. 시간이 다 되었지만 시간이 없는 시체들을 내가 건질래. 나는 꽃가루를 뿌려주며 축하해주고 싶어. 이곳에 오는 일은 힘든 일이니까, 도넛을 굽고 그걸 나무에 매달아줄 거야. 나무에게 반지를 걸어주듯이. 나는 너의 딸과 결혼하고 싶어. 너는 나를 찾아올 테니, 너를 사랑했지. 그럴 수밖에 없었지. 아버지가 예쁜 것들을 짓밟을 때 나는 죽은 듯이, 예쁜 것들 옆의 못난 것들이 되어, 나는 첫눈처럼 자꾸 지상에 도착해. 걸을 수밖에 없는 운명으로, 한 가지만 먹고 살며, 젖소를 낳고 싶어, 젖소처럼 젖을 내밀어도 세상이 성장하지 않는 변종을 보고 있지. 그래서 나는 차라리 화장을 할래, 인사를 할래. 인사는 공간을 유창하게 만들어. 유전을 믿어, 가끔 봄이 오지, 비슷한 모습으로

파일럿의 휴가

강가는 물새의 작업실이다 물새는 강물 위의 언어를
기다린다
한 마리 한 마리
사람이 떨어지기도 한다

옥상에서 보는 아침
너는 속옷을 빨면서 말했다

나는 브로콜리였니?
아니 안개꽃
브로콜리 농장의 날씨 같은 거였니?
아니 작은 바구니였어
오래 속았지 그 속에서 우리 둘이

위험하지 않도록 신선해지도록
나는 농부처럼 스푼처럼
쉬고 싶어

샴페인을 따려고 흔든다

기포가 부풀어 터질 듯이
고압이 생긴다 실내는 잘 조직되어

여기서 나가줄래?
나는 아무것도 해줄 수 없는 사람

내가 보는 것은 청거북이다
지붕들이다
느릿느릿 기어가는 세계의 대답들이다
뭐가 문제인지 모르는 악천후의 변명들이다
청거북이 사랑을 하면 축구공이 된다
뻥, 멀리
다리가 추웠지
꿈에서 늘 사라진 바지를 찾아 헤맸어

어제는 죽은 벌레에게
물티슈를 덮어주었다

담요를 접는다

너는 근본을 없애는 일에 도전했구나

저 건물엔 전광판이 365일 켜져 있어
모델이 웃고 있어
우상이 하나면
다툼이 많아질 텐데

옛날에 우리는 뭐든지 평가받았지
하루의 결과를
죽음도
슬픔도

하지만 비행기가 리본처럼 날아간다
물체들은 뜻을 이룬 것이야

나는 지붕들의 리더
본질은 비반복적이고
나는 지능 없는 리코더
소리를 낼 거야 파이 파이

팔다리를 자르면
가냘픈 멜로디를 얻게 되지

나는 바쁘고
나는 랩도 배워야 하고
나는 수건도 접어야 하고
나는 손가락을 구부릴 것이며
알고 있는 집단을 모두 따돌린다
나는 유행처럼 떠나지 않고
막연한 세계를 알아보지 않을 것이다

선물을 돌려보낸 모든 이들의 얼굴
자몽 껍질을 깐다
콘크리트 위에 올려놓으며
차갑고 빛나는 간식이 되지 않으며
너희들이 살았던 시대를 넘보지 않을 것이다

오늘 이후로

쇠꼬챙이가 한쪽 귀에 들어가 다른 한쪽 귀로 나오면
튼튼하고 바삭한 꼬치가 된다.

IV
Destin Tragique

협력과 반란

누나는 지금 소파에서 맹그로브 나무와 다리를 섞고
있어. 음, 나는 누나의 복숭아뼈를 핥다가 중심에도 서열
이 있다는 걸 알게 되었다.

아련,
단아함, 단순함
이런 것에는 카드 맛이 난다.

토요일의 창작무용 지침서, 몸의 능력을 훑어보다가
압도적인 문제를 찾으면 호일로 감싸고

사회에 나가면 인사를 잘해야 하는데 준비도 없이
누나 귀는 김 맛이 난다.

누나는 코카잎에게 책을 읽어주며, 성실한 기계들이
운영하는 인쇄소에 가보는 게 꿈이라고 했다. 우리는 모
든 것을 얻을 것이다. 등불을 밝혀 교정을 보고 사라지는
마을에 손을 흔들면서, 사랑과 젓갈에는 어떤 차이가 있
는지 여쭤본다고

나는 밥을 주고
돈을 받았다.

껑깡을 쥐고 있는 푸딩 햄스터와 누나를 가지고 싶은
마음은
비슷한 염색체로

나는 밥을 치우고
집을 가졌다.

바닥에는 뱀 하나가 누나 곁을 맴돈다. 저리로 가, 저
리로, 등불을 밝히자 세계의 모든 게 협력의 방식으로

누나는 뭉개진 뱀으로 목줄을 만들고 있다. 누나의 작
은 몸 밑으로 모래알 같은 게 흘러 가까이 보니 여러 가
지 반칙 같은 거였는데, 누나는 알약처럼 그것을 쉽게 털
어 넣는다.

내구성

이슬이 맺히고 신선한 세계가 궁금해서 잘라보면, 뒤엉켜 있는 남녀의 육신이 틈도 없이 잘 일치한다. 삼촌이 음부의 털을 꼼꼼하게 다 밀고 있다.

강당과 직선

스웨터 털실이 하나 삐져나왔을 때, 겨울이 끝나고 있었다. 팔짱은 옆에서 이루어지고, 의자는 아래에서 이루어진다. 더 이상 차분하지 말아야 한다. 생닭을 씻는다. 다리를 벌리고 마늘을 넣고 대추를 넣는다. 나는 배를 가르지 않고 배 속으로 들어갈 수 있어. 굳은 몸을 뒤져서 기저귀를 뺀다. 냉담에 살코기가 생긴다. 코털을 자를 때마다 다짐한다. 아무 상관 없이 살자던 사람은 눈을 감아도 보이지 않는다.

우리가 나나를 나눠 먹을 때

그러니까 쉽게 말하자. 생강을 깎는다. 정교한 작업이
필요하다. 그림자엔 껍질이 있었지. 진짜는 한 가지 맛이
아니다. 필요한 곳은 별로 없겠지만, 뜀틀을 잘했다. 점프
하면서 생강을 깎았다. 묘기라고 생각했다. 모임에서 떠
들 때 그런 기분이었다. 복근에 힘을 줬다. 모임의 유머에
는 주인과 손님이 따로 있다. 슬픔은 입체적인 미용실. 이
런 모양으로 해주세요. 머리를 깎는다. 풀어지는 게 싫어
서. 너, 머리했구나. 좋아 보인다는 건지 나빠 보인다는
건지. 소화가 안 된다. 명치끝에 지하철이 돋아난다. 이번
생의 모임은 화농에서 하고 싶다. 집에 가는 길을 최대한
멀리 돌아갈 때, 생강을 파는 행상 옆, 아이가 자기 손가
락을 물어뜯는다. 슬픔은 습관이었다. 체육 시간에 설사
가 터졌다. 흐린 날이 지나갔고, 부드럽고 맛있는 노란 껍
질을 벗겼다. 친구들은 하얀 애를 카약처럼 나눠 타고 늪
을 건넜다. 묘기라고 생각했다. 유머는 섬유질. 껍질은 인
간의 항문을 통한다. 출구는 쭈글쭈글해진다.

내가 할 수 있는 일

왜 하필 그것이 내 몸에 들어왔는지 모르겠다. 그것은 힘이 센 어떤 공기였는지, 용기였는지 나를 번쩍 들어 올려 이상한 세상에 내려놓았다. 하늘이 환하고 첫눈이 쏟아지는 날이었다. 어느 날 나는 갈색 머리에 네 살짜리 마른 여자아이로 태어났다. 나는 뛰어내리는 것을 좋아했다. 책을 쌓아놓고 책 위에서, 옷장 위에 올라가서, 지붕 위에 올라가 지붕 위에서, 황강 끝에 있는 절간에 올라가서 강으로 뛰어내렸다. 때로는 토끼들의 풀을 가져오거나, 무덤가에 떨어진 연을 주워 와서, 물고기를 들고 뛰어내릴 때도 있었다. 나는 가만히 반짝이는 별보다 더 빨리 움직이는 비행기를 좋아했고, 눈물이 많은 동네 언니보다 인절미를 주는 스님이 좋았다. 하루 종일 뛰어내리다가 지칠 때에는 해가 지는 강가에서 잠이 들었다. 할머니는 맨날 나만 업고 다녀서 등이 굽었다. 할머니는 뛰어내리는 걸 좋아하는 나한테 그러다가 큰일 난다고 했다. 그러다가 다치면 할미랑 영영 마지막인 줄 알어. 할머니는 아무것도 모르면서. 할머니는 부엌에서 두부전을 만드셨다. 오늘은 신나는 날이다. 할머니는 말없이 불을 피우고 콩기름을 두르고 고모와 삼촌 들을 깨웠다. 고모와 삼촌 들은 교복을 입었다. 막내 고모는 내 목에 초록색 보석이 박힌 목걸이를 걸어주었다. "특별히 너한테만" 막내 고모는 막 구워진 두부전을 들고 뛰어나갔다. 셋째 삼촌은 세숫대야를 발로 뻥 찼다. 할머니는 에고 내 새끼, 하면서 내 머리를 쓰다듬었다. 할머니는 보육원 신청서를 구겨서 주머니 속에 넣었다. 기차역까지 어찌 가나. 내가 생각하기에 할머니는 키도 작고 목소리도 작고 아기 같아서 보육원이 딱인데, 가면 재미있는 것도 많이 배우고, 친구도 사귀고 먹을 것도 줄 텐데, 하지만 할머니는 그런 게 무서운가 보다. 이 세상에 온 이상 내가 할머니 대신 가줘야 한다. 사람은 용기를 내기 위해 용기를 내야 하는 것이다. 그래야 가장 높은 곳에서 멋지게 뛰어내릴 수 있는 것이다. 아직 동지가 멀었는데. 할머니는 팥죽 속에 하얀 설탕을 듬뿍 넣었다. 그리고 호호 불며 하얀 설탕을 녹여 먹여주셨다. 마당에 나갔더니 흰 눈이 쌓였다. 그건 어떻게 하는 거니. 어떻게 해야 눈이 되는 거니. 흰 눈이 내 허리까지 쌓였다. 합천에는 이런 일이 한 번도 없었다고 한다.

기회 없이

이것은 명제다. 탄생은 쿠키며 탄생은 스프라이트.

잭, 정원에서 고기를 굽고 경미는 아스파라거스를 볶는다.

여름새가 수영장 물을 물어 가고, 옥상에 영화를 튼다. 잭의 차는 빨간 콤팩트카. Z3는 1995년 Z1의 후속 모델로 출시되었다. 미국 현지 공장에서 최초로 만들어졌다.

한 사람을 아끼는 일은 외래어 하나를 배우는 일.

잭, 앞접시를 더 가져와요.
잭, 체이스와 브랜든 간식을 챙겨줘.
얼굴이 붉어지네. 이 친구들에게 내 동생을 소개해줘요.
우리는 모두 어댑터. 자 건배를 할 거예요.

아이들은 축구공을 가지고 논다. 이리저리 인버스. 여기는 오클랜드 비치우드. 먼 것이 한눈에 보인다.

경미는 높은 선반에서 커다란 접시를 꺼내 달라고 잭
에게 부탁한다.
페이스북에 다니는 스페인 친구가 와인을 들고 들어오고
비뇨기과 의사 친구가 샐러드를 나르고
엔지니어 친구는 아이들 장난감을 풀고

불꽃놀이를 보려고 아이들이 잠옷 차림에 금발을 휘날
린다. 자동차들이 아이들을 방해하지 않으려고 멀리 돌
아가는 곳. 부모는 외래어보다 빨리 사라질 테니

파티가 끝나고 정리가 끝나면
경미가 와인에 약을 타고 잭이 대신 마셔준다. 환호성
을 치며. 정원을 다시 살린다. 경미는 잭이 좋아하는 필라
델피아 농구팀을 응원해주며

친절은 오래된 주인

짐승의 마음이 필요하다. 종족을 알아보는 안목
고구마를 깎다가 컵 속에 담는다. 싹이 나고 털이 자라
는데 숙희는 어디에 있을까

샌프란시스코 공항에서 주먹보다 작은 사과와 태양을
본다. 바다사자들이 널빤지에 누워 사람들을 구경하고
있다. 너는 동부에 산다고 했는데 젖은 저 담요들을 거기
에 널어도 될까

피어39 항구에는 하얀 요트들이 모여 있다. 짐승이 살
았던 흔적처럼 높은 뼈들을 세우고, 공포를 믿는다면, 저
하얀 신발을 신어주세요. 숙희, 너를 데리고 모국에 가고
싶단다. 빈 달에서 종소리가 나는 나라, 바다를 끓여서 사
막에 파는 나라, 바람이 피를 흘리면 겨울이 되는 나라

다섯 살 때 의사 부부에게 팔렸지. 동네 노인들을 산책
해주면서, 인내를 배웠지. 우리는 싸우지 말고 엄마를 나
눠 가지면 되잖아. 돌아가면서 나라를 포기하듯이

에스프레소 안에서

너는 눈덩이를 지구본처럼 굴리고 있다. 언 손을 후후
불면서, 가끔 숲에서 내려오는 늑대들에게 바치려고, 나
는 왔던 길을 돌아간다. 얼굴을 알아볼 수 없어서

개를 산책시키는 키 큰 외국인들의 뒷모습, 친절은 오
래된 주인이니까, 너를 만난다면 다정한 동생처럼 솜사
탕을 내밀겠지만 노년의 너는

소금

들쥐와 도마뱀과 살쾡이를 잡아 오면 오늘 밤 여기서
재워줄게.
어린 중은 고개를 끄덕였다.

시금치와 열무와 취나물과 초록 야채만 모아 온다면
나의 수탉을 보여줄게.
어린 중은 고개를 끄덕였다.

저 아랫동네 버려진 매트리스와 거지 할머니와 고장
난 트럭을 구해 오면 목장집 창고 열쇠를 줄게.
어린 중은 고개를 끄덕였다.

나는 요리책과 세계지도와 성경책과 문제집과 독일 소
설책과 '우리는 그것이 필요하다' 수첩을 소리 내어 읽기
시작했다.

지금은 오로지 듣는 시간이란다.
어린 중은 고개를 끄덕였다.

옆집 용접공은 두 다리를 잃고 어린 딸을 선미촌에 팔았다. 살과 살이 닿는 곳에서 남자들의 이야기를 들어주거라. 그 사연으로 성장하는 늙은 여자들의 화장법을 배우거라. 갈 곳 없는 슬픔을 진심 없이 과장해주거라.

우리는 쓰러진 소주병을 세웠다. 밖에서 불이야 소리가 났다. 라이터는 고개를 돌렸다.

포클레인과 계속 헤어지는 연인들

그러니까 기어이 시작되고 너는 거기에 있니. 누가 말을 걸까 봐 고개를 돌리고. 사방이 갇힌 곳에서. 너는 긴장할 때 입안 살을 깨물어 피맛을 보지. 불 나간 전구 밑에서 한 발 한 발 깜박거리며. 그 많은 고민과 고독이 뿔처럼 자라. 뿔은 무심하고, 나는 날마다 잘라냈어. 너는 그 뿔을 들고 무희처럼 춤을 추고, 나무 옆에 꽂아두고, 육식동물의 배를 뚫어버리곤 어딘가 멀리 도망가기도 했어.

너는 아직도 망을 보고 있지. 왜 그러는지. 하지만 괜찮니. 적당히 울었고 가족사는 적당히 들어줄 만했고, 너의 사랑은 적당히 파멸했어. 너는 도시를 택했고 도식적인 인사와 도덕적인 태도를 거부했지. 여름낮엔 불도저 자격증을 따려고. 먼지 나는 작업복을 입고 번호표를 받고. 운전석에 들어가 있었어. 시험 감독의 말은 들리지 않고, 머릿속으로 상상했던 불도저 장난감 사내처럼 기어와 엔진을 켰어. 너는 앞으로 흙을 밀고 나갔다가 무한궤도 회전해서 흙을 한 줌 들어 옮겼어. 지평선은 평평했고 지하는 평평 샜지. 너는 문을 열고 나왔어. 근육을 풀었어. 아직도 잘 모르겠지. 세상의 모든 '에서'와 '에게' 들은 간신히 서로를 아끼며 살아 있어. 오늘은 그걸로 됐어.

게시판이 무슨 상관이란 말인가

일본에 있는 미 해군 기지에 들어간다. 소득의 일부는 생활이 힘든 나라에 기부될지도, 창밖으로 전투함과 헬리콥터가 보인다. 바이어는 한국계 미국인이다. 기분이 좋으면 한국말을 화가 날 때는 영어를 쓴다

이벤트에 쓸 음악과 응모권을 준비한다. 지점장은 나를 보고 반가워한다. 그런데 본사에서 내려온 게시판을 보지 못했느냐고 묻는다. 그것은 일반적으로 직원 교육이거나 부고를 알리거나 다른 지사와의 협력을 축하하는 일이었는데

아마도 앞날에 대한 공지뿐
"여기는 넓고 거기는 덜렁거리지"
이렇게 중얼거리면서

D. company. 미국에서 수입한 자전거를 미국인에게 판다
자전거를 조립하는 한국인 엔지니어는 두 명이 있다. 한 명은 꼼꼼하고 한 명은 대충 한다. 고객들이 앉을 높이와 바퀴 종류를 권해준다

우리는 점심시간에 푸드코트에서 쉰다. 요즘 잘나가는 한국 래퍼와 엔진이 좋은 스포츠카와 좋아하는 사람에게 고백할 때 성공하는 방법을 얘기하다가

파파이스와 스타벅스 간판을 보고 있다. 글자가 적힌 티셔츠를 입은 사람들은 현재를 사는 것 같다. 낡은 자전거를 새 자전거로 바꾸는 흑인이 "생각해보고 다시 올게요"

군복을 입은 자들의 나머지는 가족 같고 게임기를 팔고 있는 프랑스 남자한테서 와인 냄새가 난다. 지점장은 햄버거가 든 쟁반을 들고 오며 나에게 또 묻는다. 게시판 아직 확인 안 했냐고

"모처럼 새벽에 내가 먼저 보고 떼어 버린 적이 있는데. 그중 어떤 생존과 어떤 소식과 어떤 소머리국밥을 얘기하는 걸까"

2주 동안 공영 수영장에는 아이들을 위한 수영 스쿨이

진행된다. 만화가 그려진 튜브와 구명조끼, 호루라기와
차가운 물과 깨끗한 표지판

나의 부드러운 호두

알고 있다. 당신들이 모여 다니는 이유를. 사람들이 줄을 선다. 아무도 살지 않는 곳에 들어가려고 표를 끊는다. 왕이 살던 집은 기념으로 남는다. 깃발을 든 안내자가 일본말로 중국말로 움직인다. 북촌에서 허름한 남자가 골목을 기웃거린다. 남자는 내가 입지 못하는 것을 입고 먹지 못하는 것을 주워 먹고 있다. 남자는 라면 봉지와 이쑤시개를 물끄러미 본다. 싸우는 것이 사랑하는 것보다 더 살아 있다는 것을. 싸우는 것들은 저희끼리 얼마나 친한지. 정돈이 잘된 곳에서는 무서운 일이 생기지 않을 것이다. 드라이기에 머리카락을 말린다. 두 시간 후에 미네소타에서 입양 갔던 사라가 오고 있다. 사라는 사거리에 노점상을 차린다. 형제처럼 화장실 한 칸을 후원받는다. 나는 사방으로 막힌 것과 친하다.

개인전

얼음이 혀에 붙었다. 황홀해. 고양이와 우유 나눠 먹
기. 할짝거리기. 한참 동안 얼굴 보기. 첨벙거리기. 오이
하나 건네주던 인도네시아 사람. 농장에서 일하는 사내.
오이로 전화를 거네. 여보세요

아버지는 지붕 위에서 전화받는다. 덩굴에 앉아. 아버
지는 사내에게 일은 안 가르치고, 석 달 내내 카드놀이를
알려준다. 뒤집고 숨기고 보여주기. 아, 이제 됐다. 허풍과
내기 시간. 목이 아프면 암탉 모이 속에서 진주 가져오기

우리는 기술자. 사내와 아버지는 우유 나눠 먹기. 할짝
거리기. 한참 동안 얼굴 보기. 새 티브이가 배달 오면, 사
이좋게 스티로폼을 나눠서 부러뜨린다. 오이꽃 술 담그
기. 상자에서 낮잠 자기

이쪽 세상에서 오이오이. 산책 좀 갈게. 강아지 인형과
우유 나눠 먹기. 너무 좋아도 깨물지 말기. 거미가 내 배
꼽을 풀어본다. 어떤 열매 들었나. 공회전. 여권 없음. 따
가운 이파리. 애호박이 빛난다. 사팔뜨기. 한참 동안 얼굴
보기

피식거림, 예술적임, 확실한 콧구멍

뜨거운 것을 원했지만 그것은 숯의 일이라며 너는 마트에서 육포를 고르고 있다. 비닐 포장 냄새를 맡으면서

서핑을 꿈꾼다. 미끄러운 보드에 엎드렸다가 파도를 타면서, 실은 너와 사귀고 싶어. 고백하고 민망해지면 따뜻한 곳에 머리를 말리고 싶어. 이다음에 작업실을 하나 만들까

너는 미대생이 되어 이미지와 추상을 배웠지

현실보다 더 깊은 것을 사랑하는 듯, 너는 공들여 인물을 수정하다가 잠이 들기도 했다. 떨어뜨린 캔버스를 안겨줄 때, 그림 속의 얼굴이 너무 뜨거워서 차가운 페인트 통에 넣어두었어

프렌치빈 마린블루 선셋비치. 우리들의 의자는 딱딱했고. 익은 감자 껍질을 벗기며, 헤어지는 날을 후후 식혔다

너는 숯이 더 필요해서 차를 타고 멀리 갔지

뜨거운 팔목을 구하려고

새는 어디서 사나. 마트 계산원은 너가 발견한 물건을
하나하나 확인할 거야. 본 것을 잊을까 봐. 멈춘 숲과 멈
춘 땅과 멈춘 메뉴와 멈춘 광고지가

흔들리지 않는 마음이라면

구름이 없으니 시원하구나. 멀리 해변가 공항에서 비
행기를 분해하는 정비사들이 조심스럽게 엔진과 전선과
동체를 접으면서. 9월을 구경해. 그 옆으로 까마귀가 해
변을 걷고 있어

요가

일주일에 두 번씩 남을 따라 한다

그녀는 전문가이고 나는 을씨년스럽다. 그녀는 긴 호흡과 짧은 호흡을 어떻게 조절해야 하는지 안다. 그녀는 목을 빼고 인사를 한다. 손과 발을 반대로 뻗어야 한다며 내 몸을 만진다. 이런 끝이 좋아요. 지탱하세요. 자, 속으로 숫자를 셉니다

한 살이 되고 스무 살이 되고 백구십이 지나간다

내가 마실 물에 내 침을 섞어도 된다

남의 여자에게 반하면 안 되며 남의 고모를 고모년이라고 부르면 안 된다

수업이 끝나고 자판기 앞에 있다. 배달원. 노란 트럭을 세우고 뛰어와 자판기를 누른다. 물건은 어디서 이어지나

태어나는 캔

자, 여기 왼쪽 유리를 보세요. 속으로 숫자를 셉니다

구성체

구슬이 굴러다니다가 고인 웅덩이를 내려다보고 있다
왜 여기까지 온 거니

돼지고깃집 환풍기 속으로 먹새가 걸어간다
어지러운 게 좋으니

우리는 비스듬히 순서를 기다린다 질서가 오래되면 기
름이 낄 텐데

그러니 송곳아, 나머지 발도 들고 서 있으렴, 끈기는
미움을 두고 오니까
10년째 한 명을 찾고 있다

어항이 펄럭인다 남은 잔을 돌릴 시간
수분을 위해 사람들이 술을 마시기 시작한다

비 오는 날에는 열대어들이 불꽃처럼 헤엄칠 것이다
자신의 물을 덜어내려고

겨울 낚시

아내는 내 얇은 티셔츠를 입고 있다

꿈에서도

V
Soleil

반인류를 향한 태양과 파동과 극시

벼

그 처음이란 것이 나를 잡아주지 못해서

펴

꼬리를 흔들었네.

Scene

간지러운

Scene

Scene

잠시 꼬리에 열쇠를 걸어두시지요.

1. 그러한가. 우리들의 악수는 여전히 안녕하시다

공간   특별히 없음
인물   청설모와 자전거

(둘의 대사를 특별히 표기하지 않음. 순서를 잃어버리거나
동시에 둘이 말해도 상관없음.)

청설모와 자전거는 천천히 무대를 돌아다닌다 마치
새로운 물건을 구경하듯이
잘 보이지 않는 곳을 응시하며

돌아다니던 작은 털모자야.

응.

오늘 날씨는 어때?

모자 속엔 습도가 높지.

오늘 바람은 어때?

서쪽 나라들이 흔들리지.

외국에 나가보자.

여기를 더 정확히 보려면.

그래서 다음 주부터 팝송을 배우러 가려고.

모자의 멤버는 머리가 아니야.

뇌도 아니지.

생각도 상상도 아니다.

다리가 짧고 눈빛이 선한 망토는 뒤를 돌아보았어.

이상한데

몸은 없는데 다리만 돌리는 격이야.

그건 알제리에서 시작하는 예술운동이야.

리메이크야.

아니다.

이 숲의 어떤 물도 마셔서는 안 돼.

메롱.

우산을 썼네. 나뭇가지 위에서.

참는 건가?

즐기는 건가?

겨울이 오면

땅속에서 우산을 쓰겠네. 얼굴을 가리는 시대가 올 걸세.

미래라고 불러도 되나?

옆에 있어주겠다. 스페인어를 배우면서

언젠가 결투를 청할 거야.

마음이 바뀌었어. 검도를 배워야겠다.

소설에 빠져 살았어. 평생

버려진 집에 들어간 적이 있어.

습기가 많았겠군.

이북에서 내려온 무당이 개장수와 떡을 치고 있더군.

어떻게 받아들여야 하지?

있는 그대로.

새로울 게 없어.

단지 나는 버려진 칼과 쌀과 과일과 한복과 방울과 거위의 피와 돼지머리를

관심이 가네.

벽에 붙은 장군들의 사진을 뜯어 왔어.

덜렁거리더군.

쓸 데가 없었다.

바람이 없는 곳에 두지 그랬나

안절부절.

이리저리.

사람들이 쓰지 않는 의족 같은 거네.

종류가 많더군.

꽤.

나의 나무들에게 붙여주었어.

쉽게 붙었지.

화가 난 표정은 가벼우니까.

흥분이 없더라.

어색한 현대야.

아슬한 노름과 아슬한 놀이와 아슬한 농도의 살인을
보여주고 싶다는 생각이 든다.

그림 속의 장군들이 숲을 지키진 않아.

사람들이 너를 탈 때

충동을 느낀다고 해.

충동은 지혜로운 걸까.

가령 추락, 자살

그런 건 가볍게 넘기면 된다.

언덕 때문이지. 언덕에서 하강할 때, 희열과 죽음은 같은 건지도 모른다.

희열과 끝.

빗줄기는 결국 죽었다.
그런 말은 말게.

(글썽이며) 빗줄기는 정말로 끝났다. 빗줄기는

그런 말은 말게.

얼굴은 사슴이고 몸은 인간이더군.

그런 말은 말게.

머릿속은 수작이고 입은 딴말을 하더군.

그런 말은 말게.

이유 없이 끝났다.

진짜는 여유 없이 끝나네.

앞날을 믿지 말게.

뒷날도 믿지 말게.

충성은 기계들이 하는 짓이다.

지혜로운 건 하나밖에 없다.

먹는 건가.

보고 싶은 거.

그리움.

그리우면 힘이 나지.

언젠가를.

고대하니까.

마지막으로 기대하는 것은 아이스티다. 시킬 것은 숲의 폭발이다.

결투를 청해야겠어.

돌아다니는 작은 모자야. 돌아다니는 모서리야. 동그라미야.

모자의 멤버는 뇌가 아니야.

모자의 구성은 손인가.

습기를 만지는 손.

나를 잡는 몸.

어린 내 아귀는 여전히 안녕하시다.

잘 가게.

잘 가게.

나는 눅눅하고 찌그러진 모자이시다.
　속에서 움직이면 다시 살아나는 마카롱이시다. 숲의 후렴이며, 약한 인간들을 훔치는 소복한 털일세. 나는 길고 긴 장면이올시다.

2. 그들은 오랫동안 회의하러 갔다

공간　　　　　하수구 밑
인물　　　　　아버지는구렁이
　　　　　　　아버지는지렁이

'아버지는구렁이'가 바닥에 깔린 '아버지는지렁이'의 얼굴을 신발로 밟고 있다.

아버지는구렁이	이건 압도적이다.
아버지는지렁이	이건 일방적이다.
아버지는구렁이	현장 검증. 물증 확보.
아버지는지렁이	억울합니다.
아버지는구렁이	나는 누구지.
아버지는지렁이	우리 사장님.
아버지는구렁이	너는 청소부.
아버지는지렁이	그래도 억울합니다.
아버지는구렁이	십자매하고십자매(인물의 한 이름)는 내가 쓰던 거야. 밤마다.
아버지는지렁이	제가 더 먼저 만났습니다.
아버지는구렁이	아니, 넌 용기 없이 이리 관찰 저리 관찰. 우유부단. 니네 마누라. 니네 딸년 챙기느라. 허우적대고 있었잖아. 그 애가 슬프고 아플 때 너는 뒤에 숨어 있었어. 난 달라. 그 애에게

	돈도 주고 밥도 주고 새도 주었지.
아버지는지렁이	그게 아닙니다. 저는 길을 찾고 있었습니다. 집을 만들었어요. 보셨죠? 근사하죠?
아버지는구렁이	아직 내가 안 버렸다고. 너는 청소부. 우리 집과 우리 회사를 잘 닦아줘야지.
아버지는지렁이	하지만 그 애는 나를 좋아합니다.
아버지는구렁이	착각이야. 그 애가 밤마다 나한테 뭘 줬나 보게.
아버지는지렁이	무엇입니까.
아버지는구렁이	매일 나한테 새를 줬지. 자신의 목숨보다 귀한 새를 나한테. 나는 그 새들을 하나씩 날려줬어.
아버지는지렁이	우리도 지금 행복합니다.
아버지는구렁이	그 애는 그런 땅속에서 살 수 없는 아이야.
아버지는지렁이	내가 잘 만든 집입니다.
아버지는구렁이	너 딸이 죽은 건 알고 있나?
아버지는지렁이	네.

아버지는구렁이	너 마누라도 죽은 건 알고 있나?
아버지는지렁이	네.
아버지는구렁이	그런데도 거기서 계속 그 여자애와 말도 안 되는 곳에서 살겠다는 건가?
아버지는지렁이	허락하실 때까지 계속 이러고 있겠습니다.
아버지는구렁이	나는 가겠네. 피곤해.
아버지는지렁이	그럼 사장님 구두를 제가 가져가도 될까요. 기념으로요.
아버지는구렁이	그러게. 자네 얼굴이 묻어서. 나도 더러워서 신기 싫으니. 어이없는 놈. 무식한 새끼.
아버지는지렁이	(인사하며) 고맙습니다. 사장님.

'아버지는지렁이', 구두 한 짝 들고 퇴장.

3. 마이크

맑은 날, 아이스크림을 계산하던 오스트리아 배우는
쓰고 있던 선글라스를 모델 애인의 얼굴에 씌워준다. "잘
어울려" 그리고. 언제나. 잘 어울리는 것을 찾으려고 애
쓴다. 진청에 베이지색 단화가 가볍다.

배우는 아이스크림을 한 입 베어 물더니 애인의 입에
넣어준다. "다 삼키지는 마"

x	(책을 덮으면서) 음질이 다르다고 생각해
빗줄기	뭐가
x	움직이는 게 다
빗줄기	소리가
x	그런 거 느낀 적 있어
빗줄기	멈추는 거
x	계속 울려 퍼지는 거
빗줄기	안 보이는데 계속 들리는 거랑 비슷해?
x	그건 좀 달라

빗줄기	어떻게?
x	끝났다고 생각했는데, 이어지는 거야
빗줄기	아닐 수도 있겠네
x	그럴지도 몰라
빗줄기	있지
x	응
빗줄기	그럼 그건 움직이는 게 아니라 계속 사라지는 거야
x	그럴까
빗줄기	나 좀 꺼내줄래?
x	응

x는 잠긴 방문을 연다. 안에서 빗줄기가 나온다.

빗줄기	다들 잠그고 가는 거지?
x	사람들은 반복을 좋아하잖아
빗줄기	그러면 안심이 되나?
x	응
빗줄기	다음 주엔 학교 가야 하잖아

x	상관없어
빗줄기	좀 춥다
x	다 젖었네
빗줄기	응
x	너도 반복을 좋아하잖아
빗줄기	할 게 없으니까
x	그렇다고
빗줄기	샤워기 틀어놓고 계속 서 있으면 편해

x는 빗줄기를 한참 따뜻하게 안아준다

빗줄기	너, 음악 같다
x	악마 같기도 하지

빗줄기, 20개쯤 되는 건전지를 x에게 준다

빗줄기	너, 이거 좋아하잖아
x	고마워
빗줄기	그냥 만지면 매끄럽고 차갑고, 아무 고

	통이 없는 거
x	땅에 묻을까?
빗줄기	응

x, 빗줄기, 땅바닥에 건전지를 묻는다

x	뭘로 태어날까?
빗줄기	리모컨이나 장난감, 가로등, 아니 태양
x	아니 나뭇가지
빗줄기	아니 재미있다로
x	항상 널 구해줄 거야
빗줄기	어떻게?
x	어떻게

x, 빗줄기에게 키스한다

4. 멜로디

인물은 등장하지 않고
두 가지 목소리만 나온다. 여러 가지 색들의 빛들만 움직임

히히히

노래처럼 대사를. 그렇다고 오페라나 뮤지컬은 아니어요.
랩에 가까운 립

총이 필요해— 빵이 필요해— 방 하나가 필요해— 성
이 필요해— 찬란한 것들을 그냥 두고 싶은데— 작은 충
돌이 일겠지— 손을 잡자.

바람이 필요 없어— 엎으면 어떡하지?— 너라는 소중함
을— 아, 눈부셔— 내가 가려줄게. 괜찮지?— 눈 감았어.

조금만 참아— 뭐가 있어?— 응, 아주 커다란 호박.
싱싱하고 단단해— 그럼 두드려봐— 만지는 건 무서운
데?— 어젯밤에 내가 낳았어.

어쩐지 느낌이 비슷하더라— 싱싱하고 단단한 호수야— 우린 거기에 빠진 적이 있어. 나뭇가지를 잡고 올라왔지— 옷이 다 젖어서 추웠어.

누구니— 너를 만나려고 태어난 사람— 새를 타고 멀리 날아가보자— 하지만 새는 다 죽었어— 그러면 배를 타고 바다로 나가보자.

바다는 다 굳었어— 내 소중한 구슬은?— 멀리— 모델이 되고 싶다더니?— 그건 나중에— 눈사람이 되고 싶다더니?— 그것도 나중— 이건 꿈이지?— 여긴 따뜻해.

5. 조금 높다고 말했다

보라보다 블루 스크린이 좋다
호밀보다 이불이 좋다
허벅지와 후회보다 차별이 좋다

| 공간 | 겨울, 리프트 위 |
| 인물 | 홍학, 클립, 모직 코트 |

스키장
직원이 잘못 누른 버튼 때문에 밤새 빈 리프트가 돌고 있다

리프트 위에 홍학이 앉아 있다
연두색 스카프를 날리며

"내가 좀 까다로워.

누군가 먼저 다가오는 걸 좋아하지만 그 경계를 지켜주면서 다가왔으면 좋겠어. 약속한 걸 반드시 지키려고 해.

평범한 먹이를 많이 먹는 것보다 희귀한 먹이를 찾는 걸 좋아해. 얼굴을 쭉 내밀며 건방을 떨었던 자라가 있었어. 자라의 얼굴을 물었어. 나도 좀 참으려고 했지만 그 자라는 내 형제와 부모가 살던 호수에 바이러스를 퍼뜨리기도 했거든. 생명이나 본질…… 그런 거 의지를 갖고 살아가는 노인들을 좋아해. 노인들이 무슨 할 일이 있겠어. 그들은 변화를 싫어해. 물론 변화를 위해서 현재를 잃

지 않으려고 하지만, 결국 그들은 변화하는 게 싫으니까 진보니 개혁이니 그런 질문을 해.

　나는 단체 생활이 힘들어. 혼자 다니면 쉽게 죽을 수도 있어. 하지만 모두 다 비슷하게 살고 비슷하게 잠들고 비슷하게 죽어. 그걸 좀 벗어나려고, 버드나무 뒤에서 초록 줄기를 물고 숨어 있었어. 나는 비웃음받았지. 자발적인 저항이었지만, 나는 우주의 엔돌핀 같은 증가의 법칙을 이해하지 못했고, 긴 목엔 주름이 늘었어. 나는 가냘프고 긴 이론도 세우지 못했으며, 어느 날 농촌 헛간에서 갈고리나 곡괭이를 봤을 때. 왜 그런지 나는 펑펑 눈물이 쏟아졌어"

리프트 위, 홍학 옆에 클립이 있다.

클립	에이취!
홍학	감기?
클립	응.
홍학	치료?
클립	공장에서부터 내 영혼은 모든 서면의

지시에 따라 달라졌고, 열의 이동과 함께 나는 섬세해졌어.

내 조상은 인간의 팔짱이며, 아플 때도 멀쩡할 때도 늘 중요한 걸 잘 간직해야 한다는 훈련을 받았어.

홍학　　　책임감?

클립　　　사명감.

홍학　　　건 뭐지?

클립　　　해야 하는 일. 자네는 왜 여기 있나. 지금쯤 무리들과 따뜻한 나라를 찾거나 울타리에 갇혀 졸거나 해야 하지 않나?

홍학　　　나는 인간의 각혈에서 태어났어. 자식도 부인도 없는 노인이었는데, 죽기 직전에 사막을 횡단하고 싶어 했지. 병원에서 치료를 받아야 했지만, 그의 건강은 세상에 아무 의미가 없다고 생각했기에. 그는 떠나기로 했지.

암벽이 가득한 계곡을 지나, 선인장과 도마뱀이 가득한 황토를 지나면 끝도 없는 사막이 나오는데, 그는 거기서 각

혈을 뱉으며 죽었고. 나는 그 속에서
태어났어.
그리고 노을을 향해 하염없이 날았지.
그래서 내가 하는 일은 하염없는 출발
이네.
이게 좋네.
날다가 날다가 외로워서 잠시 여기 앉
았네.

클립	많이 춥나? 몸이 언 것 같은데.
홍학	그렇지 뭐. 자네는?
클립	우리들의 생활이란, 눈에 띄지 않게 적 당히 사는 것일세. 온몸이 눈이라네. 눈으로 사물을 잡지.
홍학	그게 가능한가?
클립	응, 누구나 집중하면 된다고 생각하네.
홍학	앞으로 어떻게 살 건가?
클립	서랍장 밑으로 굴러가거나 연필꽂이 통 안에서 죽거나 뭐 특별한 장소는 많 이 못 가겠지만.
홍학	그래도 특별한 적은 있었나?

클립	작은 소년이 내 눈을 모두 해체해서, 내 몸을 길게 선으로 다 펴서. 동그란 반지를 만들더군. 그리고 고운 소녀에게 사랑을 고백했어. 소녀의 이름이 빗줄기였던 거 같은데……
	정말 감동적이었지.
홍학	소설 같군.
클립	에이취!
홍학	기침에는 겨울바람이 좋다던데. 이렇게 입을 벌리고 있으면 겨울바람이 몸으로 들어가 뜨거운 약초 연기가 된다고 들은 것 같아. 입을 벌리고 있어보게. 나처럼 아…… 아……
클립	사막에는 다시 돌아가고 싶지 않아?
홍학	나를 태어나게 해준 그 노인. 그 삶을 빛나게 해주고 싶네. 나는 사막으로 가지 않을 거야. 그 노인이 떠나고 싶던 도시들을 다시 살고 싶어.

리프트 위, 홍학 옆에 클립, 그 옆에 모직 코트가 있다.

모직 코트   (혼잣말) 느낌이 없어. 아무 느낌이

홍학   스타일이 좀 멋진 친구다.

모직 코트   처음 보는데요.

클립   나는 당신을 봤어. 당신은 옥상으로 올
           라가는 건물 계단에 떨어져 있었어.

모직 코트   나를 모른 척해주십시오.

홍학   어떻게 여기에

모직 코트   묻지 말아주십시오. 저희 같은 존재들
           은 어떤 원인이나 본성을 찾으려고 하
           지 않습니다.

클립   그럼, 배고픈가?

모직 코트   얼마나 굶었는지 기억도 나지 않습니다.

클립   이것 좀 먹어보겠어? 내가 먹는 건데.
           귀한 거네. 지우개 가루로 만든 건데.
           이걸 먹으면 배고픈 것도 잊게 되고,
           힘든 기억도 잊게 된다네.

모직 코트   효과가 있을까요?

홍학   잊을 수 있다 해도, 힘든 건 계속 이어

지는 게 여기의 논리 아닌가?

모직 코트   (지우개 가루를 먹으며) 그래도 해보겠습니다.

클립   잘 안 넘어갈 테니 날리는 눈발을 좀 마시게.

모직 코트   고맙습니다.

홍학   자 이제 털어놔. 여기선 아무도 듣는 이가 없어.

모직 코트   사람을 죽였습니다.

클립   어떤 사람이었지?

모직 코트   수치심에 떠는 인간이었습니다.

홍학   수치심이 뭔가?

클립   그건 그냥 바다 깊은 곳의 물고기야.

홍학   참 어이없군. 물고기가 왜.

클립   숨어 사니까.

모직 코트   스타일이 멋진 여자였지요. 걸어가는 곳마다, 움직이는 곳마다 빛을 일으켰어요. 그러나 그 여자는 그걸 몰랐죠.

홍학   복잡한 인간이군.

클립   그 정도는 괜찮은 거지. 자네는 어디서

왔나.

모직 코트   저는 나무 껍질에서 태어났어요. 사실 인간들을 많이 보고 살아온 건 아니었어요.

세계에서 몇 안 되는 다이아나무였기에 항상 보호를 받으며 지냈어요. 그러나 한 국가의 왕이 껍질을 빚어 코트로 만들었어요.

홍학   그래서 자네한테는 숲 내음이 나는군.

클립   하지만 그 왕은 곧 싫증이 났고, 여러 사람의 몸을 돌아 떠돌았겠군.

모직 코트   네, 근데 이 리프트 너무 세게 흔들리는 거 안 느껴지시나요?

클립   늘 이렇다네.

홍학   그러다 그 여자를 만났군.

모직 코트   그 여자의 몸에서 아무 느낌을 찾을 수 없었습니다. 겁이 났어요. 그런 몸은 처음이었거든요.

클립   확신이 없었을 거야.

홍학   인간들은 그렇지. 항상.

모직 코트	그 여자와 건물 옥상 끝까지 올라가고 있었습니다.
홍학	높은 곳을 좋아하는 인간이군.
모직 코트	드디어 그 여자는 자신의 얘기를 하더군요.
클립	슬퍼했나?
모직 코트	아니요, 담담했어요.
클립	왜 자네가 죽인 것인가?
모직 코트	그 여자의 죽음에 동의했으니까요.
홍학	그럴 수도 있지. 세상의 모든 시위들이 반대편에서 저항하고 있는 건 아닐세.
모직 코트	사실 저도 얼마 남지 않았습니다. 이제 숲으로 돌아가고 싶어요. 아무 설렘도 아무 긴장도 없는 여기서는.
클립	아무것도 없이 한번 살아보는 건 어떤가? 아무 몸도 없이. 종이처럼. 아무 희망도 없이.
홍학	사람들은 희망이 없으면 죽고 싶다고 하는데. 정말 그러한가.
모직 코트	상처만 받습니다.

클립	이제 이 눈과 바람과 햇살을 쉽게 받아 보게. 그러다 낡고 낡으면 사라지면 되는 거야. 우리들이 자네를 기억하겠어. 인간을 생각하고 인간을 염려했던 멋진 모직 코트의 느낌을.
홍학	그 여자는 왜 죽은 건가?
모직 코트	마지막으로 하늘을 걷고 싶다고 했습니다. 모델이었어요. 아름다웠죠.
클립	왜.
모직 코트	자신이 가장 사랑했던 걸 잃었다고 했어요.
홍학	그건 죄책감인가.
모직 코트	수치스럽다고 했어요. 죄책감보다 수치심이 더 높다고 하더군요. 그런데 그런 것보다 더 높은 게 있다고 했어요.
홍학	자네도 힘들 텐데. 궁금해서 미치겠군.
클립	나도 그렇네.
모직 코트	그건, 말할 수 없습니다.
홍학	아니, 그게 아니라.
클립	혹시, 인간을 사랑하는지?

홍학	인간은 인간만 사랑하나?
모직 코트	모릅니다. 그건 저도 잘. 그렇지만, 인간의 몸을 안을 때. 그 몸은 미세한 떨림과 울림과 시림을 갖고 있습니다.
클립	나는 그런 걸 모두 알지 못해. 여기는 저 바다와 언덕과 숲보다 높군.
홍학	하지만 하늘보단 낮아.
모직 코트	(밝은 표정을 지으며) 인간들은 저 아래에 있습니다.

모직 코트, 바닥으로 뛰어내린다.

클립	아니, 이……보게.
홍학	저 친구는 인간들에 중독됐어.
클립	인간 없인 안 되겠지.
홍학	하지만 이제 그만 인간의 자리는 끝났으면 좋겠어.
클립	절대 권력이네. 오랫동안.
홍학	이 자연계에서.
클립	물러나야지.

홍학	(모직 코트에서 떨어진 단추를 보여주 며) 어, 이게 여기.
클립	나도 한번 만져볼 수 있나?
홍학	참 예쁘군.
클립	빛나네.
홍학	구멍은
클립	고백인가?
홍학	여백이네.

이것은 (트랜스로직translogic), 현대성, 판단 중지(의-와의) 전쟁
— 리버스와 어댑터, 스타카토의 불꽃

조재룡
(문학평론가)

이지아의 첫 시집 『오트 쿠튀르』는 의미의 포착에서 비켜서는 패러독스의 층위들이 층층이 포개어지고 요동치면서 무한을 향해 끊임없이 질주한다. 세상의 모든 사물을 깔고 앉아 억누르고 있는 저 굳은 언어의 무거운 방석을 홀라당 뒤집어 툴툴 떨어버리듯, 의미가 하나의 지평 위에 붙들리거나, 하나의 오롯한 점, 그 가지런한 행렬 주위로 굳어지지 않게끔, 끊임없이 교란하는 문장의 타래를 지뢰처럼 심어놓아, 시는 폭발적인 순간들을 출사한다. 시집에 무언가 군말을 덧붙이기가 어려운 것은 이 때문이다. 해석과 예측의 불가능성, 그러니까 이 구절, 저 대목, 이 문장은 과연 어떤 의미를 지니는가, 문장들은 어떠한 맥락 속에서 상호 작용을 하고 또 서로 호응을 하면서 의미의 지평을 열어 보이는가, 이야기의 살과 그 구조는 무엇인가, 등과 같이 작품에서 제기되곤 하는 흔한 물음들은 폐기되어버리거나, 아예 다른 방식의 접근 방식을 요청한다. 대신 시간과 공간을 무지르며, 시는 보이지 않으나 엄연히 존재하는 세계, 혹은 보이지만 존재하지 않는 세계, 그 무한을 발화하는 낯설고 기이한 역설의 움직임을 견인해내면서, 결국 한없이 어디론가 뻗어나간 후, 내려놓고야 마는 진리의 뭉치. 그렇게 파생된 진실의 꾸러미를 우리 앞에 던져놓는 것으로 이 물음에 대한 대답을 대신한다. 설명은 오히려 금지된다. 강렬하게 직시되고야 마는 폭력의 실체가 명료한 파편처럼 우리 앞에 전사前寫되면, 입은 자주, 함부로 각주를 달 수 없는 터무니없음, 말할 수 없음에 의해 미처 열 수가 없게 되고, 침묵 사이로 해석은 어느새 휘발되어버린다. 설명할 수 없음, 말할 수 없음, 해석할 수 없음, 발화할 수 없음은, 오히려 보이지 않은 것을 보게 하거나, 볼 수 있는 것을 보이지 않게 해준다고 말해도 좋겠다.

그것은 속도와 힘으로 가득한 것이다. 놀리고 싶은 것들이 생길 때는 그 뒤에서 따라 했는지도 모른다. 가령 희

망이거나 가능성. 아니면 상관없어 이런 말들

굴뚝을 돌아 다른 구멍을 찾아 헤맸는지도. 거짓을 믿
어주는 것은 승리자의 배려이고. 세무적으로 문제가 되지
않는다면 박수 치며 수박을 깨는 것도 괜찮지 싶다

문어 빨판을 처음으로 만지면서 할 수 없는 일에 대해
생각한다. 소름과 소음 속에서 끓는 물이 생성된다. 누운
이의 두껍고 웅장한 마음을 이끌면서
　　　　　　　　　　　　　　　—「들판 위의 챔피언」 전문

시집은 "속도와 힘으로 가득한 것"을 "그것"이라고
명명하면서 첫 장을 연다. '착수'와 '발상'이 발화의 반
열에 오른다. 이 말을 우선 기억하기로 하자. "할 수 없
는 일에 대해 생각"하는 일은 "문어 빨판을 처음으로
만지"는 일상의 어떤 순간에 터져 나온 착상처럼 보일
뿐이지만, 이후의 "소름과 소음 속에서 끓는 물이 생성
된다"라는 문장과 제 맥락을 온전히 공유하면서 의미
의 화학작용을 제대로 일으키지 못한다. 즉, 어떤 구절
이건, 시는 '다른' 논리에 기반하고 있는 것이며, 어떤
구절에 붙들리건, '다른' 논리를 요청하는 것이다. "박
수 치며 수박을 깨는 것"처럼, 시는 이접移接이 행해진
순간을 잡아채고, 그렇게 잡아채 늘린 병행적인 구문을

맞붙잡아 하나로 빚어내면서, "속도"를 갖고 "힘"을 획득하는 것처럼 보인다. "소름과 소음 속에서" "생성"되는 "끓는 물"과 같은, 말하자면, 음소音素의 유사성에서 촉발된 이상한 질서 속으로 편입된 어떤 체계. 차라리 뇌가 허물어지는 듯한 모종의 상태에서 튀어나온, 그간 가능하지 않다고 여겨져온 것들의 실천에 조금 더 가까워 보인다. 여기서 우리는 이 시의 모든 질서, 의미의 체계가 단박에 무너지고 있다는 사실을 간과할 수 없게 된다. 시의 각각 문장은 그 자체로 어떤 구체적인 지시 대상을 갖지 못하는 동시에, 그 자체로 어떤 사실, 순간에 대한 정직한, 날것 그대로의 기록이기도 한 것이다. 무슨 말인가?

"그것"은 무엇인가? "속도와 힘으로 가득한 것"은, 추상적인 것을 포함하여, 주위에 또 얼마나 많은가? "그것"을 특정하는 일은 사실상 불가능에 가깝다. 그저 추상적인 '것'들 중 하나다. "놀리고 싶은 것들이 생길 때는 그 뒤에서 따라 했는지도 모른다"와 같은 문장은, 바로 앞의 문장이나 뒤의 그것과 어떤 맥락 속에 놓이는가? 상호 연관성이 전무하다고 한다면, 이는 필경 적절한 대답은 아닐 것이다. 마찬가지로 "희망이나 가능성"은 또 무엇인가? 부사 "가령"은 "놀리고 싶은 것들"이 "희망이나 가능성"이라고 여기게 도와주며, "상관 없어 이런 말들"도 "놀리고 싶은 것들"의 범주에 포함

될 것이다. "굴뚝을 돌아 다른 구멍을 찾아 헤맸는지도"를 말하는 자는 또 누구인가? 우리는 누군가 굴뚝 대신 다른 구멍을 찾는다고 화자가 생각하고 있다고 여길 수 있으며, 이와 동시에 화자가 화자 스스로에게 건네는, 모종의 사실이나 경험에 관한 확인, 즉 '그'와 같은 어떤 존재가 이미 한, 혹은 지금―여기서 하고 있는 행위에 대한 기술을, 짐작이라는 추론의 형식으로 적어놓은 것일 수 있다. "거짓을 믿어주는 것은 승리자의 배려이고" 역시, 앞의 문장과 매한가지로, 마침표로 호흡을 단속하고 끊어내면서, 퉁명하게 혹은 시니컬하게 내려놓은, 자기 스스로에게 마감을 청하는 자화自話이거나, 어떤 사실에 대한, 혹은 겪어낸(겪고 있는) 무엇을 스타카토의 어법으로 느슨하지만 단호하게 규정하는 문장이다. 그렇다면 "승리자의 배려"라는 구절은 이어지는 "세무적 문제가 되지 않는다면"으로 시작하는 문장과 어떤 연관성을 갖는가? 그렇다. 아마 짐작했겠지만, 비교적 짧은 이 시에서조차 의미 작용에 관한 물음은 끝없이 제 가짓수를 늘려나간다. 그리고 우리는 불어나는 이 의미에 관한 물음에 반비례하듯, 어느 것 하나 적절한 대답을 찾을 수 없게 된다. 시는 이러한 물음이 이미 낡은 것이라고 말하고 있는 것이다.

아름답다고 그대로 받아적는 기자들의 애매한 가식과

허세는 단지 분위기를

　형성하는 표면일 뿐, 보존과 진행은 풍부해지시며, 시
든 풀을 들고 웃고, 묻고, 물어뜯고, 정지하고 시든 풀을
두고 가면, 거기는 어떻게 되는 거고, 우리는 어떻게 되는
건데, 누구의 짓인지 의논을 내리는 모의실험의 양상과
다시 거절의 구조가 시작된다 해도, 안 된다는 것은 밀폐
의 수사가 아니다
　　　　　　　　　　　　　　　　　　　—「클래식」부분

　보호를 받으려고, 구별하려고, 남기는 인간들의 행적이
내 정신에 코드를 새겨 넣는 지랄을 진리라고 부를 수 있다
　　　　　　　　　　　　　　　—「라보나 킥Rabona Kick」부분

　무연無緣의 외관을 갖은 문장들이 이지아의 시집에
바글거린다. 이 파편들이 오히려 시집 전체에 이상한
교신을 흘려보낸다. 이 문장들은 서로 교섭하면서 오로
지 '트랜스'의 가능태로만 존재할 뿐이다. 미리 말하자
면, 우리는 작품 하나하나가 개별적인 무엇이 아니라,
시집 전반에서 다른 작품들과 모종의 교류를 꾀하고 있
다는 사실을 알아차리게 된다. 모든 문장이, 구문이, 낱
말이 언뜻, 추상적이고 이질적인 것처럼 보인다. 그러
나 시는, 아니 시의 문장들과 시를 구성하는 요소들은,

그 호흡 하나하나에서 여백에 이르기까지, 행의 배치에서 사유의 경계에 이르기까지, 제 폭과 길이를 한없이 넓히고, 깊이를 더하면서, 흩어지고 뭉치기를 반복하는 이상한 폼으로 질주를 꾀하고, 뒷골목 저 아래, 저 피팅룸 골방 어느 구석, 창고 지하의 어두컴컴한 어느 곳과 지붕 위, 루프탑, 새들의 날갯짓, 구름 저 너머의 허공을 한 번쯤 할퀴고서, 명멸하듯 무언가를 내려놓고는, 어딘가를 향해 한없이 도주하고, 다시금 다른 시들과의 교신을 타진한다. 시의 모든 문장은 이제부터 무언가를 잔뜩 머금고 부풀어 오르기 시작한다. 중의성의 저울은, 자신의 자리를 지탱하고 있는 중력에서 벗어나지 않은 상태에서, 기묘하게, 한쪽으로 기울어지기 시작하며, "직접적인 존재가 아닌 매개된 존재"의 자격으로 "이것도 저것도 아닌 불특정한 것이면서 또한 못지않게 이것도 저것도 될 수 있는"[1] '감각적 확신'을 갖는다. 우리가 듣게 되는 발화는 누군가의 목소리이며, 우리 앞에서 발생하는 것은 장면과 인상으로 전사되며 뿜어져 나오는 이미지이다. 「들판 위의 챔피언」은 바로 이러한

---

1 G. W. F. 헤겔, 『정신현상학 1』, 임석진 옮김, 한길사, 2005, p. 137. "감각적 확신 속에서 그 대상의 진리가 보편적인 것임이 밝혀진 이상, 확신의 본질을 이루는 순수한 '있다'는 단지 직접적인 '있다'는 것이 아니라 부정과 매개를 본질로 하는 '있다'라는 것이어야 한다"(같은 책, p. 138).

방식, 그러니까 '트랜스로직'에 따라, 추상이 빚어지는 곳에 당도해서, 다시 제 위치와 자리를 잡아나간다. 가령, 가운데 손가락만을 곧게 펴고("속도와 힘으로 가득한 것") "놀리고 싶은 것들이 생길 때"(누군가)의 뒤에서 "따라" 하는 장면이 솟구치는가 하면, 이 장면은 연속적으로 "희망이거나 가능성"을 조롱하는 행위를 붙잡아 맨다. "상관없어"라는 시쳇말은, 시집의 다른 작품들과의 어울림을 통해, 자신이 머금고 있던 '본질'을 깨뜨려, 날것 그대로를 실천의 반열에 올린다. "할 수 없는 일"에 대한 "생각"은, 말 그대로, '할 수 없는 일을, 그러나 '강제로' 해야만 하는 무엇'을 표상하며, "소름과 소음 속에서" "생성"되는 "끓는 물"은 폭력의 솟구침을 순간의 사건처럼 적시하고 만다. "소름과 소음"의 '펀pun'은 국지적인 현상이 아니라, 비판적-극단적 발화를 수행하는 말, 실천하는 말의 작동으로, 중립성과 추상성을 증발시키며, 의미의 해석, 그러니까 판단을 일시에 중지시키고 마는 순간, 즉 시의 에포케epoché다. "보존과 진행은 풍부해지시며"는 조롱과 비판의 억양으로 양각을 부여받고, "시든 풀을 들고 웃고, 묻고, 물어뜯고, 정지하고"는 무언가 자행되는 악순환에 본질을 부여하며 강력한 에너지로 튀어 오르고, "시든 풀을 두고 가면, 거기는 어떻게 되는 거고, 우리는 어떻게 되는 건데"는 백지 위에서 활음으로 울린다. "누구의 짓인지

의논을 내리는 모의실험의 양상"과 "다시" "시작되"는
"거절의 구조"는, 과연 "안 된다는 것"의 「클래식」, 그
고전적 형태가 무엇인지를 적나라하게 폭로하며, 불가
능함의 지속과 고착에 어떤 주제를 불어넣는다.

　감각은 왜
　그것은 크기가 다른 콘센트 구멍, 전기 없는 입구들의
클럽

—「크기가 다른 밤」 부분

　예컨대 그 물건은 육체를 차지하고 결합하는 준비 과
정에서 조금씩 어긋났다고 볼 수 있다.

　지하에서 타이핑을 친다.
　대본 속의 너는 줄자로 방바닥을 재본다.
　줄자로 오디오 전깃줄을 재본다 아아 목을 가다듬고
발성 연습하기

　어디로 갈까
　잘 봐, 저건 시큰둥하다.
　기사는 40피트 컨테이너 안에 섬유 기계를 넣는다 날
카로운 작업이 곧 시작되고

컨테이너 타고 기차 타고 창고를 털어, 마을버스 타고 손잡이에 기대 코 골기. 기대는 모든 것은 사귀는 것 같아. 같이 줄 서기. 대구에서 두 시간 동안 맛집을 찾아서, 이건가. 여기다. 우리가 찾던 곳. 신발장에 있는 신발들을 섞어놓는다. 슬리퍼를 찾는 동안 장화를 확인하기. 너는 핸드폰을 들고 멀리 간다. 여보세요. 출장이야. 출장은 일하러 멀리 가는 길. 나도 보고 싶지. 여긴 끝장이 아닌 길. 단팥빵이 유명하다는데 팥은 정말 복잡하게 생겼구나

—「벙커」 부분

"사람은 무엇인가"(「천국에서」)를 끊임없이 묻게 하는 동시에 질문을 소환하는 시, "세상의 모든 '에서'와 '에게'들"이 "간신히 서로를 아끼며 살아 있"(「포클레인과 계속 헤어지는 연인들」)는 이 생존기에는 시편마다 시적 주체가 점유하는 위치와 입장을 달리하는 인물들이 군도처럼 퍼져 있다. 모양이 없는 흔적과도 같고, 윤곽을 만드는 대신, 요소들이 궤적을 그리는 데 집중한다. 둘이 나누는 대화는 자막과 대사를 동시에 펼쳐놓은 부조리극처럼 진행된다. 가령 그것은,

A : 컨테이너 타고 기차 타고 창고를 털어, (마을버스 타고 손잡이에 기대 코 골기.)
b : 기대는 모든 것은 사귀는 것 같아. (같이 줄 서기. 대

구에서 두 시간 동안 맛집을 찾아서,) 이건가. 여기다. 우리
가 찾던 곳.

(신발장에 있는 신발들을 섞어놓는다. 슬리퍼를 찾는 동
안 장화를 확인하기. 너는 핸드폰을 들고 멀리 간다.)

A : 여보세요. 출장이야. (출장은 일하러 멀리 가는 길.)
나도 보고 싶지. (여긴 끝장이 아닌 길.)

이와 같은, 연극 속의 대사와 지문을, 평면에 하나로 펼
쳐놓은 것처럼 구성된다. 객관적 서술, 신문 기사, 책의
구절 등이 지문처럼 시의 도처에 흩뿌리듯 산재하고,
날것으로 삽입되어 있는 것을 우리는 시집 곳곳에서 목
격할 수 있다. 여기서 화자는 지문을 '보고' 있으며, 괄
호의 빗장을 풀고서 백지 위로 끌고 와, 어울릴 수 없는
구성을 주조한다. '의미'는 문장의 단위를 넘어서며, 결
속되지 않는다. 문장과 문장의 간격이 지극히 넓어서
그렇기도 하겠지만, 그러나 문장은 고립되는 것이 아니
다. 다른 단위, 그러니까 의미가 아니라 하나의 망처럼,
조직처럼, 여기저기 터져나가는 형형색색의 폭죽같이
이미지를 불꽃처럼 태우기 때문인데, 여기서 충돌이 일
어난다. 같은 시의 뒷부분이다.

프레리도그는 남자라고 거짓말했다.
너는 우리가 둘이라고 거짓말했다.
꿍꿍이 장바구니

다큐에 나오는 프레리도그 집단의 옆얼굴
하나인데 여러 개가 되는 것 같다.
만져보면 부드러울 것 같아
포식자 이불 속에서
옆모습으로 구현 평화를 빌지 않는다.

　"그 물건은 육체를 차지하고 결합하는 준비 과정에서
조금씩 어긋났다"와 "프레리도그는 남자라고 거짓말했
다"는, 무언가를 구체적으로 진술하지 않지만, 서로가
서로에 기대어 호응하면서, 정작 '개'인 자, 그 자신이
자기를 '남자'라고 한다는 진술, 그것의 실체가 사실은
"거짓말"이며, 나아가 '개에 다름 아닌 남자'인 "너"는
(누군가)에게 "둘이라고 거짓말"을 했으나, 현실의 결
과는 그렇지 않다는 감춤과 은폐를, 의미 연관의 단호
함에 기대어 판단하듯 결정짓는 것이 아니라, 어떤 상
태를 시연하고 가동하며, 운위하는 장면의 자격으로 급
습하듯 찾아든 이미지의 운동 속에서 수행한다. 이러한
방식으로 "여러 개가 되는 것 같다"는 비단 "다큐에 나
오는 프레리도그 집단의 옆얼굴"을 수식할 뿐만 아니

라, "포식자 이불 속에서/옆모습으로 구현"하는 주체가
된다. "평화를 빌지 않는다"가 문법의 차원을 넘어서 단
호한 결심을 수행성을 획득하며, 사유를 투사하게 되는
것도 이와 같은 구성 덕분이다.

자아가 오롯이 장악하고 펼쳐놓는 의미의 손아귀에
서 빠져나와, 시는 병렬식 나열, 분절된 호흡을 추동하
는 컷과 컷의 배치로, 서로가 서로에게 종속되는 부차
적-문법적-위계적 질서 속에 말을 가두어두는 대신,
독립적-자율적으로 변주되는, 그러니까, 각각 자기 단
위를 구성하며, 의미의 가능한 일을 저버리면서 가능하
지 않은 것의 영역, '인식되지 않은 영역terrae incognitae'
을 개척하며 존재의 거처를 마련한다. 자살한 누군가
의 속옷을 빨며 "느릿느릿 기어가는 세계의 대답들" 앞
에서 "뭐가 문제인지 모르는 악천후의 변명들"만 듣
는 저 "지붕들의 리더"(「파일럿의 휴가」), "햄, 원피스,
이모, 루비, 딱총, 다이아, 영희, 큰엄마"로 "자신의 이
름을 자주 바"꾸는 "고모"와 수업도 듣고 외국 애들도
모으고 뭔가를 팔기도 하며 고모에게 종속된 "새끼반
지"(「어떤 유괴 방식과 Author」)인 나, "비엘 테이트나 체
크"하고 "로켓의 준비 자세가 뭔지" 아는지를 자문하
며, 제 질문에 의견을 주는, 저 "연애를 해도 달라지지
않을/언니들"(「파인애플에 대한 리뷰」), "아름답고 위험
한 일"을 하는 듯한 "벨기에 출신의 어린 모델"(「클래

식」), "'『워킹』 13세 관람 불가'라는 잡지 사무실"을 들락거리며, "모나미 볼펜을 하나씩 들"고 "언젠가 본 것처럼/서로의 항문에 넣자고 했다"는 "우리"(「모델과 모델 친구」), "먼 것이 한눈에 보"이는 "오클랜드 비치우드"에서 "잭"과 그 가족과 아이들과 파티를 벌이며 "와인에 약을 타"는 "경미"(「기회 없이」)와 "두 시간 후", 전미래의 시간에 "오고 있"는 "미네소타에서 입양 갔던 사라"(「나의 부드러운 호두」)와 "다섯 살 때 의사 부부에게 팔"린 "숙희"(「친절은 오래된 주인」), "구석에서 노끈을 자"르거나 "아픈 국가를 잊어버린 채 탕을 끓"이는 "그녀"와 "울타리 밖에서 서성대던 감시자"(「도시는 나에게 필연적 사고 과정을 부여했다」), "시즌마다, 미리 내년에 팔" "독일 자동차나 미국 차"를 "전시"하는, 한국으로 돌아갈 날이 "몇 달밖에 남지 않았"던 때 "둘의 사랑보다는 셋의 어긋남. 세 가지 주장. 한 가지 악다구니"를 겪으며 살인 사건을 목격한, "통속적인 것들"을 오히려 "고귀"하게 느끼게 된 끔찍한 경험의 소유자 "클로이"(「하얀 크림」), 오래전부터 어딘가에 있었으나 관심을 갖지 않았던 존재들의 이야기가, 이러한 방식으로 분열하듯, 흩뿌리듯, 펼쳐지며 솟구쳐 올라, 감염되듯, 뭉치고 헤어지기를 반복하면서, 존재의 거처를 타진한다.

싱글이네
딩동
아직
빙글
정체성을 찾아주기 위해
화분을
오븐에 넣고 돌린다

이불 속에서 우리는 한자처럼 보일 수도 있다
이불 속에서 우리는 생산자처럼 보일 수도 있다

[……]

    결합의 상대는 그 대령이었는지 그 대통령이었는지 대
수의 집합에서 튀어나온 스위치였는지 모르겠다.
    —「죽어가는 레티지아를 보는 것은 왜, 짜릿한가」 부분

그전엔 뭐였더라
식당이었나 옷 가게였나 그니까 이제 떨지 마
전화가 울릴 거야. 받으면 또 끊기겠지만
                —「정면의 오후」 부분

이지아의 시에서 추상적인 것들, 모호한 문장들은

"분리될 수 없도록 연결된 이질적인 요소로 구성된 망, 즉 함께 짜인" 하나의 망網이며, "세계를 구성하는 사건, 행동, 상호 작용, 반작용, 결정, 돌발적인 것 등으로 구성된"[2] '복잡성'의 회로와도 같다. 시인은 바로 이런 방식으로 "언어들이 무엇인가를 끌고 갈 거라는 오해에서 비롯"(「캔과 경험비판」)된 통념을 무지르고, 대상과의 접촉면에 가 닿아, 거기서 빚어지는 파열음들을 그러모으고, 본질로, 진리를 향해 질주한다. 맥락이, 그러니까 시집 전체에서 육박해오는 문장들은, 전이와 역전의 리버스, 교전과 감전의 어댑터, 이 둘의 교전 속에서, 추상이 무늬를 벗고, 들썩거리는 순간들을 비끄러매며 가능하지 않을 것만 같았던 무언가를 걸머쥐고서, 일시에 도약을 행한다. 우리는 글의 서두에서 이지아의 시가 보이지 않으나 엄연히 존재하는 세계, 혹은, 보이지만 존재하지 않는 세계를 무한히 변주한다고 말했다. '보이지 않으나 엄연히 존재하는 세계'는 눈에는 보이지 않지만 누구나 알고 있으며 끝없이 부정하는 세계, 반드시 부정을 해야 한다며 지워낸 폭력의 세계이며, '보이지만 존재하지 않는 세계'는 실로 드러나 있지만, 그럼에도, 말하지 않음, 말할 수 없음, 드러내지 않

---

2 에드가 모랭, 『복잡성 사고 입문』, 신지은 옮김, 에코리브르, 2012, p. 20.

음, 끄집어 뽑아 올리지 않음, 기록하지 않음, 기록되지 않음에 의해, 끝없이 부정되거나 은폐된 세계라고 덧붙일 수 있겠다. '찾아준다'는 "정체성"은 모든 것이 타버린다는(모든 것을 태운다는) 조건 속에서만 가능할 것이며, 두 차례 반복된 "보일 수도 있다"라는 저 담담해 보이는 행간에는 지옥과도 같은 현실, 그 진실의 가속되는 폭력이 피를 물고 고여 있다. 시인은 "속도와 힘으로 가득한 것"(「들판 위의 챔피언」), 그러니까 폭력의 부정할 수 없는 진리를 뾰족이 깎아내, 폭발하듯 쏘아 올리고, 악몽을, 쓸 수 없는 것을 그것 자체로 솟아나게 한다. 스튜디오에서 스토리를 짜는 "스토커"들, 그들 옆에서 "비스킷을 먹는 의원들"과 "강도와 폭행과 가해자들", "난쟁이 왕들과 개의 로맨스"와 "행복한 가해자들"(「스튜디오 k」), "어린 딸을 선미촌"에 판 "두 다리를 잃"은 "옆집 용접공"(「소금」), 걸음을 부축해주니 팔짱을 끼고 걷다 가슴을 더듬는 장님(「나는 절뚝거리는 바지들이다」), "내 머리카락을 다 가져가"시며 "목을 조르"는 "아버지"(「여름 나무들은 계속 장발이 되었지」), "서랍 속에 가득한 수십 명의 타인"(「사자를 타고 달린다」)들의 저 "당파가 없"는 "포즈"(「나는 절룩거리는 바지들이다」), 그 폭력의 세계가 "비망이면서 채찍의 이미지"(「자몽」)에 휩쓸려 폭죽처럼 번져나간다.

이지아의 시에서 이미지는 대용물로 여겨진 은유의

소산이 아니다. 순간이나 심급의 우월성, 동시 다발성의 혼잡이 갖는 권리, 시간과 장소를 해방하는 징후로의 자격으로 행해지는 트랜스로직의 합병이 그의 시에 특수성의 자리를 마련해낸다. 시집은 의미를 포기하며, 포기를 의미한다. 출구도 입구도 없는 세계에 당도해, 시는 대상에 사유의 투망을 던지고, 말해진 것과 말해지지 않는 것 사이의 관계를 단단한 망치로 두드려 깬다. 충격을 받고 또 충격을 주는 이 시집에서, 통사는 불가피한 도약 속에서, 이상한 기류를 타고 날아간다. 문맥을 무지르는 이 시집을 우리는 난맥의 파종이라고 부를 수 있을 것이다.

시집을 읽으며 우리는 "주인 없는 인식의 말타기"(「자몽」)의 리듬으로 "틀어진 살들의 노래"를 부르며 "새벽이라고 부르는 살코기의 국적 없는 망명들"(「도시는 나에게 필연적 사고 과정을 부여했다」)의 삶에 깊은 인장을 찍어 누르고, "감탄, 잠시 개탄, 잠시 수류탄을 주물럭대며"(「파인애플에 대한 리뷰」) 전개하는 폭력과의 싸움, "생각도 상상도 아"(「반인류를 향한 태양과 파동과 극시」)닌, 날것 그대로의 싸움을 견인해내는 전복의 힘을 목격하게 될 것이다. "유통기한을/내가 가진 모든 법을 버"(「알루미늄 시민들」)린 '공들인 작업travail précieux'과 그 작업의 이상한 '행진', 그러니까 저 '패션쇼défilé de mode', 그 전과 후에 행해지는 기묘한 '선별sélectionner',

그리고 그 끝에 기다리고 있는 '비극적인 운명destion tragique'과 비극적인 운명 끝에 덧붙여진 '태양soleil'이 백지 위에서 흐물흐물 녹아내리듯 명멸한다. 이 시집은 '리버스'와 '어댑터'의 세계로 들어가, 트랜스로직의 급진적이고 비판적인 목소리로 폭력과 '판단 중지'의/와 일대 전쟁에 착수한다. 친애하는 아버지, 그러니까 아버지는, 제가 불타고 있는 게 지금 보이지 않으시나요? ▨